U0566184

# Dear James:

## Letters to a Young Illustrator

# 给青年插画家的信

〔美〕R.O.布莱克曼 著

王畅 译

人民文学出版社
PEOPLE'S LITERATURE PUBLISHING HOUSE

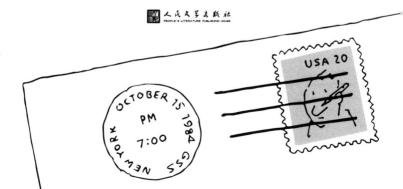

著作权合同登记号　图字 01-2022-0429 号

DEAR JAMES: Letters to a Young Illustrator
Copyright © 2009 by R. O. Blechman
This edition arranged with InkWell Management,LLC.
through Andrew Nurnberg Associates International Limited

**图书在版编目（ＣＩＰ）数据**

给青年插画家的信 / （美）R.O. 布莱克曼著；王畅
译 . -- 北京：人民文学出版社，2022
ISBN 978-7-02-017155-2

Ⅰ . ①给… Ⅱ . ① R… ②王… Ⅲ . ①随笔－作品集－
美国－现代 Ⅳ . ① I712.65

中国版本图书馆 CIP 数据核字 (2022) 第 082882 号

责任编辑　卜艳冰　汤　淼
装帧设计　李苗苗

出版发行　人民文学出版社
社　　址　北京市朝内大街 166 号
邮政编码　100705

印　　刷　山东新华印务有限公司
经　　销　全国新华书店等

字　　数　78 千字
开　　本　787 毫米 ×1092 毫米　1/32
印　　张　4.75
版　　次　2022 年 7 月北京第 1 版
印　　次　2022 年 7 月第 1 次印刷

书　　号　978-7-02-017155-2
定　　价　39.00 元

如有印装质量问题，请与本社图书销售中心调换。电话：010-65233595

献 给

麦克斯

**亲爱的詹姆斯：**

　　承君好意（或者说，蒙君眼拙。我那些颤动的线条，有时能把人划出血），你寄来的画我收到了。不过，在谈这些画之前，我觉得有必要先来说说你的名字——詹姆斯。这名字可给你加分不少，说明你抵御住了眼下这股用段子起名的可怕风潮。当选择与时代格格不入，避开一大群鲍勃比尔、蒂姆汤姆时，你已经走上了一条和大多数人截然不同的路。这是个好兆头。所有称得上"艺术"两字的艺术，都长着一副反骨。它们离经叛道，所至之处人迹寥寥；但一个叫詹姆斯的人，没准可以在那里留下足迹。

　　你在信中写到想成为一名职业的插画家。那你可得当心了，最终评判你作品的并非你的同行。在新闻界的修罗场上，呼风唤雨的是编辑而非美术指导，前者往往不以视觉品位见长，后者又不免沦为前者的下属。而插画家这个词，本身也暗含了图像的地位——图像是为文字服务的，它只不过是在"说明"文字的含义。[1]（另有一则反例：19世纪末20世纪初，有个名叫安布鲁瓦兹·沃拉尔的从事艺术品经销和出版的巴黎人，他喜欢先委任艺术家制图，再聘请作家配上文字。）

而说到作家和插画家之间的不平等，眼下除了再唠叨一遍，似乎别无他法。如果一段文字的内容是"比尔吻了萨丽，两人的吊床在铁杉间轻柔摆动着"，那么身为插画家的职责，便是严格诠释出比尔吻了萨丽，两人的吊床在铁杉（而非松树）间轻柔（而非猛烈）摆动着的画面。彼时的插画作品，无法和文学作品追求同样的境界。文学，如安东·契诃夫所描述，是"自溪底一片碎玻璃上映出的月影"。而插画，只能是客观的月亮，或是用来反射月亮的碎玻璃。就是这样，没有讨价还价的余地。它不能作为主观映像，也不允许有任何曲解和变形。

后来情况有了改变。20世纪50年代的一场革命，让商业艺术的语汇里迎来一个新词——概念。插画家们开始问自己，文字背后的思想是什么？我们该如何用一种新

---

[1] 插画家的英文是"illustrator"，其词根为"illustrate"。"Illustrate"的意思除了"画插图"，其本义为"阐释、说明"。

颖，乃至震惊四座的方式去传达这种思想，让插画成为文字内容的拓展或评注。用爵士乐的行话说，旋律已成为秀场，即兴的变奏才是真正的主角。我们这群手握画笔、玩性大发的人，就这样成了一个个查理·帕克[①]。

然而，这样的改变不尽然是好的。我们一面收获，一面也失去着。

原先那种逐字表现内容的工作方法，意味着作画时要紧扣字眼，对手绘功夫有很高的要求。在那样的悉心观察与精心描绘之下，画出来的东西都是相当考究的。如果说我们画画时，头脑和感情经常会缺席，手头功夫可是得一直在线的。

好了詹姆斯，我得喘口气。突然发现，我说了这么多，就是没提到你的问题。来聊聊你的作品吧！顺道为你解惑。总算到这个环节了。这样说吧，先不讨论画的细节，我的评价简而言之就是，我喜欢。我喜欢它的平易和质朴，还有点到即止的留白。你将想法传递得恰到好处，让人一饱眼福之余，还能体会到思维的乐趣。你笔下的夹克，没有纽扣、袖口、领子，可人们不但能看出它是什么，还能进而产生审美上的愉悦。这种简约处理，体现的是对观者的尊重。看画的人不多费一分神，也没错过一丝精

---

① Charlie Parker（1920—1955），美国著名的黑人爵士乐萨克斯演奏家。

彩。多好啊！期待你之后的作品。

最后啰嗦一句。如果你把作品送去杂志社，就得做好受打击的准备。你可能会收到拒条；更糟糕的，还是那种统一打印的拒条。你大概会感到破灭——没错，破灭。我们作为艺术家，内心都极度敏感，否则我们不会也无法从事艺术行业。但我恳请你，先别急着破灭，别像曾经的我那样。不妨先看看，信上的签名是不是手写的，八成不是。我以前收到过《纽约客》的拒条，但固执、痴愚如我，还是继续给他们寄作品。不过有一次，我的确收到了一封带有手写签名的信。至少**看上去**是的，我不能肯定。所以我在信上做了一个唾液测试：用舔过的手指，轻得不能再轻地擦拭了一下签名的边缘。字迹变糊了，"格拉提"的"提"字晕开了，信是真的！在信里，《纽约客》的美术指导威廉·格拉提（也叫格拉）让时年二十三岁的我再给他寄些作品。我当然没这么做。我的事业都迈上这么闪亮的一个台阶了，何必再冒这个风险呢？

但你不一定能收到美术指导的亲笔信，没准只是统一打印的拒条。如我所言，你多半会感到破灭。那也许是你收到过的第三、第四张，又或许是第十三、第十四张拒条。你心里也许会想：算了，不要再浪费二十美分一张的邮票了（实际上是双倍的钱，那些都是写明发信人地址、贴好

很遗憾，我们无法录用您随信附上的稿件。

谢谢您给我们这个考虑的机会。

编辑部

**瞧我在垃圾篓里发现了什么！**

邮票的回邮信封），我再也不给人寄画了。

别这样，你完全可以寄给我，但不是现在。我最近快要交稿了，接下来的几周都会很忙碌。等我忙完这阵，再多给我寄些你的画吧。我喜欢的可不光是你的名字，更是你的作品。

祝好。

R.O.布莱克曼

**亲爱的詹姆斯：**

我很遗憾地得知，你眼下正在考虑辞职一事。我要是你，便不会这样做，至少不是现在。我明白，你现在的工作枯燥乏味，时而可笑，偶尔不体面，常常令人沮丧……这都是你为了争取过稿，必须要闯的关……然而最后，是谁把你的作品呈交给客户呢？是客户经理。他们的主要职责是讨顾客的欢心，不是你，不是文案，也不是与你同病相怜的美术指导。你们的喜怒哀乐无关紧要，重要的是客户——一群别人不试水，自己绝不会湿鞋的人。

我这样说，是因为这些我都经历过。你知道吗？我曾经天真地干过一年美术指导。老板成天央求我："鲍勃，给公司赚点钱吧！拜托！得赚钱！"我发誓确有其事。

不过你不妨先想想现在拥有的好处，别总盯着不好的一面。想想看，每一两周你就有一笔薪水，这笔钱可以解决你的租金、晚餐、电影和音乐会的门票；最重要的是你有钱买纸、笔、颜料这些必需的画材，用于你**真正**的创作。

你也不会想到下个月的账单就发愁，提前陷入焦灼难耐。但还有一个更好的理由值得让你留下（插一句我刚想到的一点：你越觉得工作可笑，意味着你的心灵越自由；而心灵越自由，往往就越有独创精神。这可不是坏事），回到我说的那个更好的理由：当你没有特意创作，即你的心思根本不在那上面时，你的**潜意识**就会被唤醒。A.E.豪斯曼①相当多的诗都是在工作时间之外写成的。他习惯每天闲逛两三个小时，据他本人说，正是在那个状态下，"有时一两句，有时顷刻间整整一节"就涌上他的心头。蒙田也发现，当自己停下工作，灵感反而接二连三地光临。只是他也抱怨，自己最好的想法总在他骑马的时候来，身旁没笔没纸。詹姆斯，你会发现，当你最放松，即自我意识最薄弱的时候，你将迎来创造力的高峰。

想想跳舞。如果你光忙着注意脚下，结果就会像一条蜈蚣被质问："你究竟是如何挪动所有腿的？"它肯定被问傻了。只有把这个问题彻底抛诸脑后，蜈蚣先生才能行动自如。

---

① A.E.Housman（1859—1936），英国古典学者和诗人，代表作《西罗普郡少年》。

我略会说点法语。我说得最好的时候，是当我忘记自己在说一门外语，只当正常说话，而说话对象恰好是个法国人。否则我也可能变成蜾蠃先生——手足无措，不可开交。

再想想乔治·西默农，这位也许是有史以来最高产的作家。他一生写就了八十四部侦探小说，还有一百三十部其他类型的作品，一共有将近二十四个笔名。要是你以为这是他唯一的纪录，再接着看下去。据他本人，至少他的回忆录《当我老了》里是这么记载的：他一生和两万个女人睡过（后来改成了一万个）。即便这样，他还能腾出空写作？不过，后来他的前妻站出来称，实际情况是一千两百个左右。"（我们）有自己的一套，"她说，"我想如果像只兔子一样紧跟不放，什么事都是可能的吧……"

别以为西默农是严格遵循日程表工作的。才不是呢，他一年的时间，只有不到两个月是用在写作上的。然而他的潜意识一直在线。远离工作几个月后，他会带着酝酿已久的新想法归来，紧锁房门，拿出打字机，直到两三周之后才现身——高声打个哈欠，带出一份长长的手稿。

负罪感同样造就了他非凡的生产力。长期不作为产生的愧疚，使他一旦有了工作的情绪，便加倍拼命。不过公平起见，考虑到西默农的输出量如此惊人，不得不提到他异常高产的背后另有隐情。他结过三次婚，需要支付巨额的赡养费，平时自己花钱也大手大脚。他在日内瓦湖边建了座城堡，共有二十六个房间；家中有五台车，收藏了大量名画，其中有好几幅是毕加索、莱热和弗拉曼克的。如果这些还不足以构成他写作的动力，再算上西默农自己签的合同——按照约定，他每年要出好几部书。不过他能有这样高产而优质的输出，我认为归根结底还是在于，他的创作是间歇性的。

最后（我再不停笔就没纸了），让我引用海明威的一段话，这是他年轻时在巴黎写的：

> 我知道……自己必须要写一部小说。但我会先缓一阵，等到情不自禁才开始下笔。如果要把写作当成一日三餐，那我还不如死了好。一旦我有了动笔的冲动，写作将是我唯一专注的事，没别的事能干扰我。让压力蓄积起来。

让压力蓄积起来。不管是奔三奔四，还是奔多少岁，每个人都有自己的节奏，某些时刻转得飞快……但总有一天，不论是小说、诗歌、油画还是素描，都会突然涌现眼前。

所以先别急着放弃，还不是时候。你可以先认真地把辞呈写下来，然后回家把鞋脱了，喝上一杯。要是感觉来了，也只在感觉来了的情况下，画幅画吧。让你的潜意识，让随之而来的更为自由愉悦的心去发挥、去创作。你的画会由此更加丰富饱满。

盼君下次来信——希望是用扬罗必凯[1]的信纸写的。

祝好。

R.O. 布莱克曼

---

[1] Young & Rubicam，美国历史最长和最大的广告代理公司之一。

亲爱的詹姆斯：

　　我要说的也许是件小事，但你可能从未把它当成你作品的一部分——你的签名。这件事原该仔细讲究，如同你提笔的其他时刻一样。它怎么写、怎么放，对整张画的布局都相当重要。

　　我推荐你看看索尔·斯坦伯格 [1] 的作品（我还能举其他艺术家的例子供君参考，多少都行），你会看到他如何把签名作为画的一部分来处理。有时，他甚至不写全名，只用名字的首字母"ST"。他会把签名横着放、斜着放、居中放、加下画线、附上日期或省略日期。若是附上日期，也有简写、不简写两种情况。他凭着那双眼睛——单凭那双

---

[1]　Saul Steinberg（1914—1999），罗马尼亚裔美国漫画家和插画家，以为《纽约客》创作封面和插画闻名，其中最有名的是为 1976 年 3 月 29 日为《纽约客》创作的封面图《从第九大道看世界》。

眼睛，便能决断每幅画的签名该如何写、如何放置。

他刚入行时，在画上签名的方式大概和在信上、支票上签名没什么两样。这点我是知道的，因为我曾收到过他的来信。那是1947年，我还是个十七岁的大一新生，正是少年天真不自知的时候。由于一直欣赏他在《纽约时报》和PM杂志上发表的漫画，我写信向他求画——"请为我签个名吧。"待我收到答复时，已是好几个月之后了。在我的记忆里，那天断断续续的有《达洛维夫人》、约翰·昆西·亚当斯的外交政策，以及101美术教室的幻灯片讲座（在那里，惊慌失措的克拉普教授匆忙移开指在胜利女神左胸上的光标）。接着，一个包裹不期而至。上面没有提供退信地址，字迹也陌生，但看得出来写得很讲究，近乎一小段书法，隐约还有几分像外文。

我打开包裹，竟是对我那冒昧请求的答复——索尔·斯坦伯格给我寄来的画。画上是一个维多利亚式的贵妇，周身丝带环绕，光彩照人，旁边配有一个花体签名。它和外包装上的笔迹毫无关联：一个严格遵循功能性，另一个则具艺术性。直到多年后，他才弥补了这一差距，将签名和手迹作为他统一的艺术宣言。

签名乍看之下是件小事，从大处想，也的确如此。但接下来我想跟你聊一个更大的话题，相当大——你的事业。你在信中写道，手中的笔仿佛有意志一般，不时从画板溜向写作，这令你苦恼，觉得自己对插画艺术不够忠诚。你还提到了里尔克，引用了他给青年诗人的忠告："夜深人静时问问自己：我非写不可吗？"我为收到这封信的可怜人感到抱歉。假使他仅仅只是喜欢写，而不能百分百地说，非写不可，那之后他是否会觉得自己没有资格动笔了呢？

我认为里尔克树立了一条不切实际，且极其危险的标准。年轻人满脑子都是最多元的想法和最浓烈的情感，又怎能斩钉截铁地厘清心中洋溢的一切呢？才华不应该被狭隘地定义。达·芬奇知道自己非得写作、画画，或是非搞发明不可吗？他知道自己非得做什么，且必须何时去做吗？鲁本斯必须在佛兰德斯法庭的外交官和欧洲宫廷画师这两种生涯里择一而终吗？再举几个当代人的例子，可以说他们都在几个职业间如鱼得水：我们该称作家保罗·鲍尔斯是一名作曲家呢，还是该称作曲家保罗·鲍尔斯[①]是一名作家？华莱士·史蒂文斯[②]会自觉为了诗歌，放弃自己在哈特福德事故保险公司的铁饭碗吗？而威廉·卡洛

---

① Paul Bowles（1910—1999），出生于美国的作曲家、作家和翻译家，1947年起定居在摩洛哥，直到去世。他的小说处女作《遮蔽的天空》也是其最受欢迎的作品，并被知名导演贝托鲁奇改编为同名电影，获金球奖等多项大奖。

② Wallace Stevens（1879—1955），美国现代主义诗人，曾荣获博林根诗歌奖、美国国家图书诗歌奖、普利策诗歌奖等。同时，他也在一家总部位于康涅狄克州的保险公司担任高管。

斯·威廉姆斯 [1] 又是否会因为同样的原因，放弃自己在新泽西的儿科医学工作呢？现实中，他选择将这两种爱好结合，并拒绝舍弃任一种。

"我办公室的桌上有一台打字机，"他在回忆录中写道，"我只需拔掉起固定作用的小齿轮，就能开始干活了。写作时，我会开到最大马力。如果我正卡在一个句子上，而此时有病人进来，我会毫不犹豫砰的一声关上机器，毕竟我是大夫。当病人离开，我又会重新打开机器。最后，过了夜里十一点，等最后一个病人也被安置上床了，我还能挤出时间，再写出十页或十二页。"

同样是执业医生兼作家，契诃夫以一种极其迷人的方式描述了他的双重人生。以下摘录自他给朋友的一封信：

……当我意识到，自己拥有两种职业而非一种时，我感到更为欣喜和满足。医务工作是我的合法妻子，文学创作则是我可爱的情人。当我对其中一个感到厌烦，还能跑去和另一位共度良宵。这样的生活似乎有些混乱，但绝不会令人感到沉闷。况且如此一来，她们俩都不会因为我的朝三暮四而感到苦楚。

---

[1]　William Carlos Williams（1883—1963），20世纪美国著名诗人之一，同时也是一名医生、小说家和剧作家。他是意象派运动的主要诗人，被称为美国诗歌中的实验者、创新者和革命人物。

你可知道奈德·罗雷姆[1]的书？他是一位作曲家，在巴黎和纽约生活多年，写了很多关于这两座都市的音乐圈子里最有趣、最生动的闲情轶事。罗雷姆曾这样谈论自己在职业选择方面所面临的困难："长大后想做什么——作曲家、作家、诗人还是舞蹈家等，这几乎是个掷硬币式的问题。"

话至此处（我可不想把这封信写成一篇洋洋洒洒的论文），不妨想想是什么成就了让·科克托[2]，他自称为"小说之诗人、剧场之诗人、散文之诗人、艺术之诗人、电影之诗人"；弗朗西斯·斯蒂格马勒还列出了科克托的其他角色和从事过的事情：诗人、小说家、剧作家、电影鉴赏家、工艺家、肖像画家、壁画家、海报设计师，制陶、做挂毯、拼贴马赛克，设计领带、衣饰珠宝、玻璃制品，甚至以烟斗通条为材料的手工艺品。

你还提到了里尔克的另一句话："坦白地问自己：若是不让你写作，你是否会断了活着的念头。"就我自己而言，

---

[1] Ned Rorem（1923—  ），美国作曲家。对于他来说，文字和音乐有着千丝万缕的联系，他创作了近500首音乐作品。同时，也撰写了近20本书，包括一系列日记、讲座和批评集。

[2] Jean Cocteau（1889—1963），法国诗人、剧作家、小说家、设计师、电影制作人、视觉艺术家和评论家。他是超现实主义和达达主义运动最重要的创作者之一，也是20世纪早期最有影响力的艺术家之一。

不，我不会为我的艺术殉道。如果不让我画画，我还可以唱歌、跳舞、作曲、弹琴、拍电影，可以写一部关于伟大美利坚的小说、戏剧、短篇或是诗歌。但我不会断了生念。我会像一条河，倘若在一处受阻，就顺势改道，开辟新渠。创造的力量是生生不息的。

西里尔·康诺利[1] 写过一本《不平静的坟墓》。在这部美妙且不负盛名的作品里，他给那些目标远大的艺术家们投下了另一记重磅炸弹——"一个作家真正的职责"，他宣称，"是创作一部杰作……"杰作？！从何时起，"精彩"已经算不上好了？又是从何时起，仅仅是"好"，已经变得不可接受了？如果标准如此苛刻，艺术工作者会越来越稀有，满世界都将会是朝九晚五的办公室职员。没有几个作家愿意接受康诺利的这条标准，恐怕连他本人也无法达到。一个人不是为了造就一番杰作而出发的。他只是选择了出发，仅此而已。至于抵达彼岸后是荒漠还是幻境，人们无从知晓。

很多年前，我曾为一本创刊许久、但现在已不再刊印的月刊《剧场艺术》画专栏。那时的每个月，我都会给一位叫罗德·麦克阿瑟的年轻编辑去送画，带着我的作品，

---

[1]　Cyril Connolly（1903—1974），英国文学评论家和作家。他是颇具影响力的文学杂志《地平线》的编辑。

去他东区的时髦公寓登门拜访。"精彩,"他在那张彼德麦风格的长桌上摊开我的画,总是惊呼道,"嘿,鲍勃,这些画真精彩!"

多年后我才得知,他并不是随便一个叫麦克阿瑟的人,而是来自设立"天才奖"的麦克阿瑟家族的 T. 罗德里克·麦克阿瑟。这让我感到好奇,为什么他不给"精彩"的艺术家一个麦克阿瑟天才奖?就算不是"天才奖"(我了解自己的局限),也可以是"杰出奖",甚至一个老套的"优秀奖"也行啊。我知道,即便拿了奖,通常也不一定就能赚到一大笔奖金。但我本来说不定能拿到十万美元,我也会明智地规划这笔钱。

我想,这便是一则展现极端世貌的例子吧——要么声名鹊起,要么一败涂地;要么富贵荣华,要么穷困潦倒;要么仿古溯旧,要么新益求新(所谓"旧",也不过是一个月之前的"新"而已)。几乎不存在中间地带,而这种极端越来越成为我们的文化象征。在零与百分百之间,是全然的空白,确切地说,这种空白正在演变为一道无底深渊。

古希腊人有句话,也许可以为这个话题收尾。他们断言:"'好'的天敌是'最好'。"

嗯,我得停笔去画画了,明天是截稿的日子。它多半称不上是幅"杰作",但我希望它会是一幅"好"作品,或

者再幸运一点，能称得上"精彩"的作品。不过，仅仅是
"好"，对我来说就足够了。

祝好。

R.O.布莱克曼

**亲爱的詹姆斯：**

真是好消息！我很高兴你在《纽约时报》见到了J.C.苏亚雷斯[1]，他还邀请你担任信件专栏的驻场画师。这是件体量小、但有津贴的活计。在长宽就两三英尺[2]的空间并不足以发挥，但这不重要。重要的是在方寸之间里施展出你的创意，画幅不是关键。

我的一个设计师朋友曾向他卓越的同侪保罗·兰德[3]抱怨道："我再也不设计书籍封面了，现在干这种工作有点委屈我。"兰德耸肩："我就不这么想。我可一直在干呢。"

---

[1] Jean-Claude Suares（1942—2013），美国平面设计师和插画家，也是许多知名杂志的编辑和创意顾问。他是《纽约时报》的第一位专栏版面艺术总监。

[2] 1 英尺等于 30.48 厘米。

[3] Paul Rand（1914—1996），20 世纪杰出的平面设计师。他以为企业设计标识闻名，如为 IBM、UPS、西屋公司、NeXT 等知名企业设计标识。他的创作还涉及书籍装帧、海报、字体等领域。他是最早接受和实践瑞士风格平面设计的美国商业艺术家之一。他于 2018 年入选纽约艺术指导俱乐部名人堂。

的确，经他手设计的书籍封面（还有手册、传单），悉数称得上是小而美的设计典范。

在你开始这份工作之前，我想给你一条小贴士。当我拿到一个较小的工作版面（这也适用于其他版式明确的工作），我会先将整页影印下来，并把要放插画的位置留白。我以这种方式来体会如何使插画适应整体的版面。接着，我会定下目标：让我的画从页面上脱颖而出。这有点像正式演出前的演员，利用排练的机会，慢慢去体会舞台的存在。

卢梭曾参加过一次写作比赛，主题是"科学与艺术的进步，有助于道德的败坏还是提升"。（真是典型的法国问题，也许你今天就能在法国中学里听到相关讨论。我的孩子上中学时多半也听到过。）比赛前他收到一条建议，也是我经常采纳的建议：选择他人不会选择的角度。卢梭照做了，并且赢得了一等奖。这也是身为插画家应有的行事风格：出人意料，反其道而行——归根结底，就是原创性。只有原创的艺术作品，才无愧于"艺术"二字。

说回《纽约时报》的艺术总监 S.J. 苏亚雷斯。我喜欢与他共事。

他不仅是设计师，更是一名插画师，因此他能领会画里的门道。有时我交付完终稿，他却管我要草图，然后选择发表后者。为什么不呢？也许草图里的那份鲜活和生命力，恰恰在我紧锣密鼓地赶成品时丧失了。

你会发现，接受委托工作会让你跑在一条高速且轻松的轨道上。委托方要求的版式、主题和截止日期都为你设定好了界限。相比之下，自发完成一个项目可要困难多了！你多半会被无数的可能性弄得不知所措，就像因为机油过溢而无法发动引擎的汽车。不过，最重要的是开始，无论做什么，只要开始就好。一个貌不惊人的开端，也许会以不可思议的方式脱胎换骨。我在孩提时代常爱买些日本的纸艺花，那是一个个小巧而紧实的纸团。我把它们都扔进水杯里。不一会儿，奇迹出现了——纤小的纸团会呈扇形散开，逐渐舒展，最后变作一朵灿烂美丽的花在水中盛开，花瓣梢头还染着粉紫色。创意有时也像这样，前提是你得先将它们在纸上画出来。对一个想法的全情投入是最重要的。歌德曾这样评价"开始"一件事的重要性：

一个人在全情投入之前，
总有犹豫、抽身的机会，
无所事事亦是常态。

所以在所有积极的行动里，

都包含着一个最基本的真理；

倘若忽视这条真理，

无数创意和卓越的计划，

都会被扼杀。


这条真理即：天助自助者。

一个人在坚定投入自我的那一刻，

天意也会有所感应。


无论你现在能做什么，

或是梦想自己能做什么，大胆去做吧。


勇气本身就包含着天赋、

力量还有魔力。


可开始一件事又谈何容易。散文大师 E.B. 怀特就说过："开始写作前，我总是请自己喝一杯上好的干马丁尼。就一杯，给我开始的勇气。之后我就全靠自己了。"

为了快速进入工作，其他作家也有着各不相同的策略。这么跟你说，有些方式堪称怪异：把脚浸入热水里（屠格涅夫），喝剂量大到对身体有害的黑咖啡（巴尔扎克），闻腐烂的苹果（席勒）。选择你自己的方式，你也可以做个只是削铅笔或整理桌面的温和派。重要的是开始，是拿起纸笔，让歌德所说的"天意"化作现实的助力。

有时，"天意"会捉弄人。旷日持久、经年累月的劳作，到头来也许是一纸荒唐，对于小说家尤其如此。那么一个人必须要克服痛苦、失望，更糟糕的是自我怀疑，然后再次开始工作。但有时"荒唐言"也不乏价值。陀思妥耶夫斯基就是这样认为的。在他的《罪与罚》一书中，主角拉祖米欣说过这样一段话（写出来太长了，我会复印一份附在信里）：

"你以为，"拉祖米欣喊道，嗓音提得更高了，"你以为我在乎他们胡说八道吗？胡扯！我爱极了胡说八道！这是人类区别于其他有机生命的唯一特权。如果你一直敞开了地胡说八道，你总会找出点'道'！我是人类，所以我也会胡说八道。没有人能不先说十四次废话，就得到一句真理；或许还得多说一百次。具体因人而异。然而我们并不懂得如何聪明地胡说八道！如果你想胡说些大事儿，最好是用你自己的方式胡说，我会因此而亲吻你。用自己的方式胡说八道，简直比用别人的方式头头是道好得多。在第一种情况下，你是人类；而在第二种情况下，你只是只鹦鹉！道理会一直在那儿，但生活中的我们可能会画地为牢。有不少可悲的例子。比如当下的我们？我们无一例外地身处科学、哲思、文化、工学、理想、抱负之中，以及自由主义、理性和经验之中，身处这所有、所有的一切之中——可我们仍然只是坐在一间高一教室里！不是这样吗？我说的难道不是事实吗？"拉祖米欣大喊，紧紧握住并晃动着两位女士的手，"不是吗？"

"天哪，我不知道。"可怜的普尔喀莉娅·亚历山德罗夫娜念道。


普尔喀莉娅·亚历山德罗夫娜的确够可怜的，竟要遭受如此强烈的情感侵袭！

小说家、散文家阿瑟·库斯勒 [①] 也坚信（他顺便写道，如果没有小说和散文作为情感出口，自己就成活死人了）："创造性的行为不受教条、禁忌这些所谓常理的影响。"换句话说，创造力是**无理**的产物，而非脱胎于"所谓常理"。无理"（如）在梦境里，在遐想里，在思维的奇幻飞行里，在观念之流自由飘荡之时……"

大多数新的发现，最初都被视作无稽之谈，因为它们

---

① Arthur Roestler（1905—1983），英籍匈牙利裔作家，代表作《中午的黑暗》。

挑战着现有的秩序和那些从中获利的人。当十九世纪的科学家 J.J. 沃特斯顿就气体分子论发表了他里程碑式的论著时，却被英国皇家学会的主理人断然驳回："不过是一派胡言。"近半个世纪后，这篇论文中的革命性发现才被大家认可。

伊格纳兹·塞梅尔维斯曾是维也纳总医院的一名助理。在他任职期间，每八名妇女中就有一名因分娩热而丧生。塞梅尔维斯观察到，外科医师和学生们经常在处理尸体后为妇女进行治疗。1847 年，他宣布卫生条件不当是导致高死亡率的原因。他开始在他所在的病房试点，医务人员在治疗女病人之前，必须先用氯化石灰水洗手。一年之内，他所在病房的女性死亡率从八分之一剧降到百分之一。"而塞梅尔维斯的回报，"阿瑟·库斯勒指出，"是被医学界赶出了维也纳。"——出于愚蠢，也出于怨恨，因为塞梅尔维斯的发现意味着他们的手上可能沾了人命。就这样，塞梅尔维斯去了布达佩斯，但他和新同事的相处并不比原来强。他谴责众人，说他们是杀人犯。他变得疯疯癫癫，最后被套进了紧身衣，死在一所精神病院里。

塞梅尔维斯一生所遭受的，可能远不止愚蠢和同行的嫉妒。他是奥地利的犹太人。在奥地利，反犹主义是一种民族病毒。根据学者维克托·克伦佩勒的说法，奥地利是

"敌国领土"。在这里，犹太人通常被禁止从事教师和法律类等职业。正因为只能从事"被允许"的工作，犹太人在艺术界，尤其在新闻、戏剧和出版界可谓出类拔萃。在维也纳的各个咖啡馆（都市才智高地、知识分子的闲话中心）还存有这些常客的奶油咖啡杯，例如斯蒂芬·茨威格[1]、弗朗兹·魏夫尔[2]、罗伯特·穆西尔[3]、亚瑟·施尼茨勒[4]。在那里，他们打磨智识，塑就思想。塞梅尔维斯还没来得及加入这个显赫的圈子，那一身硬挺的白大褂，就被换成了精神病人的紧身衣。

1848 年，查尔斯·达尔文向皇家学会宣读了他关于物种起源的划时代性的论文。然而，学会主席却在他的年度报告中写道："在刚刚过去的一年里……并没有出现什么真正引人注目、足以彻底改变科研部门的发现。"直到达尔文的《物种起源》一书出版后，这场风暴才爆发，至今仍未平息。可如果这本书没有出版呢？如果达尔文被皇家学会主席和当时盛行的世界观所吓倒，没有发表他的研究成果呢？在他的发现被斥为无稽之谈，无人问津时，他会成为

[1] Stefan Zweig（1881—1942），奥地利小说家、剧作家、记者和传记作家。代表作《一个陌生女人的来信》《人类的群星闪耀时》《昨日的世界》等。

[2] Franz Werfel（1890—1945），奥地利小说家、剧作家、诗人。

[3] Robert Musil（1880—1942），奥地利作家和戏剧评论家。

[4] Arthur Schnitzler（1862—1931），奥地利作家和剧作家。

无数不为人知，甚至姓名不详的反叛者中的一员吗？

那些无厘头、乍看疯狂、没有明显逻辑联系的想法，一旦被视觉化，却往往能带着冲击力跳出画面。"埋下谎言，"弗朗西斯·培根称，"然后找到真相。"谎话、胡话、乍看之下的差错，总能引出最鲜活无畏，也最新颖的处理方式。首次揭开卫星椭圆轨道之谜的托马斯·开普勒坚称，"错误乃通往真理之道。"它们不过是迷宫里的死胡同。当我们试遍无数令人沮丧的错路，所有迷宫，最终都会通向一个出口。

二战即将结束时，本·沙恩[1]想用插画表现这场战争的悲剧性。他本可以描绘一个显而易见的场景：一座尸山。但他只画了一具孤零零的尸体——一个躺在海滩上的士兵，身体几乎消失在成千上万颗细致刻画的石子中。观众的目光先是落在鹅卵石上，但紧接着，从某个点开始，串联起的视觉线索会让他们发现一具尸体。那种讶异、震撼，正是这幅画的情感冲击力所在。本·沙恩的处理方式看似不合逻辑，到头来却成了最有效且最动人的一种。

早期的线稿和草图常常令人丧气，就像一个人雄心壮

---

[1] Ben Shahn（1898—1969），立陶宛出生的美国艺术家和社会现实主义运动的成员。他富有表现力的具象绘画、壁画和海报与他左翼政治信仰中追求社会正义和终身的激进主义密不可分。如今，他的作品被芝加哥艺术学院、伦敦泰特美术馆等机构收藏。

志之下的苍白影子。这些看起来毫无意义的尝试，对初学者来说尤为挫败，因为他们尚没有经历过成功，可以让他们有底气去深入探索自己的想法。"这就是我做出来的东西吗？"一个新人可能会问，"我竟然把自己当艺术家？"试图放弃的情绪也会接踵而至——放弃手里的项目，或者直接放弃职业生涯。

即便是那些老牌的艺术家和作家，也会经历自我怀疑的阶段。詹姆斯，冒着把这封信变为《名人名言大全》的风险，我还是要引用一段 T.S. 艾略特的话，他在其他场合把这段话称为"铸血为墨"：

> 二十年了，我仍在路上……
> 试图学会运用语言，每一次的尝试
> 都是新的开始，新的失败。
> 一个人只有学会
> 描述他不必谈及的事物，
> 用他不习惯的表达方式，
> 才能更好地掌握语言。
> 所以每一程冒险
> 都是一次全新出发，
> 一次针对词不达意的突袭。

仅有的破烂装备也常常老化

在一片模糊的感受里，

在一团无序的情绪里。

    T.S. 艾略特是社交场上的壁花先生[①]。奥托琳·莫瑞尔女士在日记中这样评价他作为晚宴宾客的行为，"他从不开口。从内心到外表都很单调……他沉闷得很，简直闷透了。"但正是这份沉闷，促使他创作出了 J. 阿尔弗雷德·普鲁弗洛克这样绝妙的人物形象（当然，就是他的自我写照）。普鲁弗洛克在诗中哀叹道："我本是一对长满锯齿的蟹螯／在寂静的海床间疾走。"在丰富的个人生活与丰富的创意生活之间，毫无疑问，艾略特会更倾向哪种选择。（但他也没有太多选择余地，不是吗？）艾略特手中的笔便是他的喉舌，是代他发声的大鼻子情圣[②]。很少有艺术家的口才和他的笔下功夫一样卓越。人总是互补的。

    就我自己而言，我的垃圾篓里堆满了各种谬误和失败的初稿。但我相信，其他插画师也是如此。只有投入大量工作，一幅画才能开始走向对的感觉。漫画大师彼得·亚

---

① Wallflower，比喻社交聚会中因腼腆或无人邀请而干坐在一旁的人。

② 原文为 Cyrano de Bergerac，出自同名电影作品《大鼻子情圣》，讲述了主人公希哈诺（Cyrano）以好友之名，为二人共同倾心的姑娘书写情书的故事。

诺 [1] 就在这段话中谈道，要画出一幅看似随性的画，背后要付出难以想象的艰苦努力（你几乎能听到汗水滴落到工作台上砰、砰、砰的声音）：

这是个漫长、艰难又磨人的差事，你要不停地用铅笔描，用橡皮擦，然后微调矫正，以再次捕捉草图里蕴含的那种印象和情绪。铅笔稿是无形的框架，由于会被擦除，看的人根本不会发现它的存在——让作品看起来不费工夫和力气，正是我们这些人花费工夫和力气之所在……有时铅笔稿的整体布局看起来不对，无论我怎么挣扎，画面就是缺少应有的生机和动感。每当这种情况出现，我会推翻再来，找一块光亮的白板重新画过。

有时我会画五六幅初稿，反复打磨人物的面部和姿势，努力达到构思里那种确切的漫画质感……但最后，我想我做到了，并准备继续……那么你呢，假定此时的你是一个艺术家。你用一支细而尖的貂毛笔蘸上印度墨水，开始铺上厚重的黑色笔触，这将是你作画的骨架。你让线条保持粗糙的肌理和差互的边缘，

---

[1] Peter Arno（1904—1968），美国漫画家。从 1925 年到 1968 年，他为《纽约客》设计了 99 幅封面，他为《纽约客》赢得了幽默风趣的名声。直到今天，《纽约客》依然沿用这类风格的封面。

看上去自然随性。那是你我的神：自发性。你的动作很快，伴随一种巨大的不安与紧张之势。这会催生一些随机的变化，为你的成稿增香调色。当墨迹已干，如果它在你看来感觉是对的，你就要开始进行杂活里最令人讨厌的一项了——擦去墨稿背后大块的铅笔稿，直到画板上没有任何痕迹，只留下干净、光洁和分明的黑白。

我曾无意中看到亚诺的一本漫画书，上面是给一位女性友人的赠言："谨以此纪念卡普里那个难忘的夜晚。"或是类似的什么话，那本书现在不在了。书上签名只有亚诺二字，签名下的画和书则没有任何联系，丝毫不见亚诺自信又嬉皮的标志性画风。无疑，他作画前没打算费心先画一张底稿，结果也说明了一切。

画廊与博物馆从来只展示艺术家成功的一面，对他们的失败却只字不提，我认为这对公众其实是一种伤害。应该有一个"失败艺术博物馆"，专门用来典藏失败的艺术。所有被丢弃在垃圾篓里的作品，那些从不为大众所知的创作过程，在这里都会被一一展出。我的博物馆将会呈现艺术家生活的真实面貌，并为同行们提供些许慰藉。

现在你终于可以去画专栏了。何时能出版？还是别想这个问题了。那些截稿日期和二十四小时的极限运转，我再明白不过，所以说不定在你收到这封信之前，你的画就面世了。我希望而且确信，它会很棒。

祝好。

R.O.布莱克曼

**亲爱的詹姆斯:**

你想要一张我工作室的照片,看到了吗?这张就是,一幢坐落于曼哈顿第四十七街高处的伊丽莎白式城堡。我把它称作"凉水城堡",因为我没能在办公室装上热水器。这个空间是由伯特伦·古德休设计的,他是一位二十世纪早期的建筑师,总能以独一无二的方式融合不同的风格。公园大道上的圣巴塞罗缪教堂也许算是他的代表作,但他为内布拉斯加州议会大厦设计的摩天大楼,同样是融合了装饰艺术与新哥特艺术的杰作。我就在古德休的私人房间里工作,可以俯瞰缀满鲜花的露台,远处是帝国大厦。但即便窗外有这么多好风景,我还是会把视线转向工作台,虽然现在更多的只是写信、记备忘录,或在支票上签名。

工作环境非常重要。艺术家的工作地点，很大程度上决定了他的作品成效。周遭的事物是极大的刺激。它们能激励一个人，也能压抑一个人，但就算是起压抑作用，也可以成为艺术的催化剂。重要的是环境能打动你，让你产生一种激情，或爱憎喜恶等其他感情。激情是创造力的第一驱动力，冷漠则是艺术的宿敌。

这座城堡置我于浓烈的艺术氛围中，并推动着我的创意生产力。末流的花花公子里尔克，需高居在亚得里亚海之上的杜伊诺城堡里，于一番华美优雅中创作他的《杜伊诺哀歌》。马克·吐温为了写作，专门建造了一间八角形的房间，宽阔而敞亮的窗户可以俯瞰群山全貌。而理查德·瓦格纳的创作，则需要天鹅绒（他作曲时要抚摸一块柔软舒适的红丝绒）、金器、角楼，还有从阿尔卑斯山眺望到的新天鹅堡美景。批评家克莱夫·詹姆斯断言，许多艺术家"必须将个人生活维持在特定的审美基准之上，方能运转起来"。他举了约翰·济慈的例子，这位大诗人要穿上自己最好的行头才能提笔写作。从"小尼莫"之父温莎·麦凯的照片上也能看出，他工作时总是头顶牛仔帽，系着精致的小领巾。

当然也有特例。有一回，克莱夫·詹姆斯在家中见到W.H.奥登，惊讶地打量起他的领带："我以为那是杰克

这是我在凉水城堡里的照片。照片里的女士是
蒂萨·大卫，一名天才动画师。

逊·波洛克①送的，直到我发现那只是条沾着食物残渣的普通领带。"瞧，他和济慈就不同。

一些人说，我的第一本书是我有史以来最好的作品。也许是，也许不是（但愿不是，那可是我二十二岁时的作品）。但半个多世纪过去了，我突然想到，那本书是我在父母亲公寓里的厨房，趴在一个满是食物残渍的绿胶木桌上画出来的。营造一个激励性环境的必要性就这么多了！但我觉得在刚才这个例子里，我下笔时并没顾上环境的影响。起作用的不是环境，而是我强烈的、想要创作的冲动。

你或许知道，我的工作室也制作动画电影。（我从不称它们为动画片。这对我们正在尝试做的事是一种误解，就像《疯猫》这样精妙的作品不该被叫做"连环画"。）我很少在未经委托的情况下就启动一个项目，所以我的产出是受限的。但原地等待也不是得到机会的最佳途径。你必须四处走动，与人见面、交谈，然后可能会发生点什么，有人可能会对你的作品感兴趣。总是一些意外际遇或机缘巧合，让弹球机里的小球命中高分位。

关于这点，我有个典型的例子。几年前，我在米兰参加一次电视会议。我正坐在宾馆的休息大厅里。这时，

---

① Jackson Pollock（1912—1956），美国抽象表现主义绘画大师，以"滴画法"闻名。

PBS[1] 的节目主管走了进来。我们相互问好，然后开始闲聊。

她："这家宾馆的位置真好。"

我："就在杜莫大教堂旁边。"（心想：但愿是叫这个名字!）

她："我喜欢你上一个节目。"

我："谢谢。"

她："你有考虑新的计划吗?"

我（搞砸了）："还没什么想法。"

她（准备起身离开了。我能感觉到）："好的，那如果你有了新的想法，记得让我知道。在米兰玩得开心。"（她离开了。）

我（心想）：笨蛋! 那算是什么回答?! 你明明有一百万个关于新节目的想法……两百万个!

我离开大厅，为我们俩这样相遇而感到遗憾。这段偶遇将毁了我在米兰接下来的时光，彻底毁了!

走出宾馆，我碰巧经过斯卡拉歌剧院。

我的目光被一张海报吸引了，那是接下来要上演的《索达往事》。我知道那首曲子。我了解它，喜爱它，就像

---

① Public Broadcasting Service，美国公共广播公司。

我喜爱伊戈尔·斯特拉文斯基[1]的所有音乐一样。我突然有个主意，为什么不制作一部动画版的《索达往事》呢？

命运始终待我不薄，大概一天后，我和PBS的节目主管再一次碰到。

我："苏珊娜，我在想那天你问我的问题，'有考虑新的计划吗？'我突然想到，如果能有一个动画版的《索达往事》就好了。"

她："我知道那部作品，我很喜欢。我们在沃克艺术中心办过一场它的演出，相当成功。鲍勃，发一份提案给我，我会传达的。"

我（心想）：传达？她可是国家公共广播公司的节目主管！她还要向谁传达，里根总统吗？

但我还是尽本分地写好提案并发给了她。之后就再没消息了，我也渐渐忘了这事。一年后，叮铃铃——我的电话响了，是波士顿的公共广播电台打来的。他们看到我的提案，有意制作一期特别节目，为了纪念即将到来的斯特拉文斯基诞辰。砰！我的小球击中了一百万美元等级的灯位。

现在想想，如果我没有去米兰，如果我没在宾馆大厅

---

[1] Igor Stravinsky（1882—1971），俄裔美国作曲家、钢琴家和指挥家。20世纪现代音乐的传奇人物，革新过三个不同的音乐流派：原始主义、新古典主义和序列主义。被人们誉为音乐界的毕加索。

里碰到 PBS 的节目主管，且我们恰好都住在那里；如果我没路过歌剧院，没看到那张海报，凡此种种。你看到了，是一连串的环节成就了这段巧合。如果其中有一环——仅仅一环——掉了链子，这段巧合就不复存在了。

为什么我要提这些事情？詹姆斯，我们艺术创作者常常是沉默寡言又不爱出风头的一群人，很容易变得灰心丧气。我本可以无视节目主管让我给她发提案的请求，这无疑只是形式上的邀请。那么，那个项目，彼时彼地便会胎死腹中。可它没有；它正在发生，似乎还进展得很好（只是"似乎"，好不好只有完成了才知道）。

因此，当你不在事务所工作，也不在桌上画画的时候，去认识些人吧，和他们交谈，聆听他们——这很重要，否则人们也不愿听你说话。然后……砰！你也许就击中那个百万美元的灯位了。


祝好。


R.O. 布莱克曼

**亲爱的詹姆斯：**

是的，是的，你的信我大概两个月前就收到了，只是我一直没拿到它（它被夹在一堆画稿、账单、备忘录、信件、书，还有赫布·加德纳的动漫里。"我们得把地盘整理一下了"）。不过现在我向你确认，我收到信了，并向你道歉。

中国人有句话，叫"小心许愿，它可能会实现"。我虔心以盼的这部动画电影，或者应该说，这类（我已经制作过不胜枚举的其他类型的作品：商业题材、短片题材）长篇电影，正在我手里变成一个杂技项目。我不是印度神仙，没有三头六臂，但我确实有其他妙手——主要来自动画师，他们占团队成员的大多数。他们似乎总能比我画得好，总能比我更妥帖地架构整个场景，或者至少能提出一些在实践中被证明是无价的建议。

你知道弗雷德·莫古古（这可不是假名）的作品吗？他是一名出色的动画电影制作人。他将真人拍摄和动画结合的创作方法，是我在其他电影制作人身上从未见过的。他很可能发明了一种独门快剪法，场景切换可以不超过一帧，即1/24秒。他的电影《哈姆雷特登场》，画面是根据哈姆雷特的独白"生存还是毁灭"一字一句编辑的。这只是他的精彩习作之一，我预测他会前途无量。蒂萨·大卫重新调整了我的许多场景，并且总是对的。她不仅是一名动画师，更是一名动画电影制作人，这可有着天壤之别！还有艾德·史密斯，他把我的画用动态表现得如此清晰、如此流畅。如果没有这些动画师，我无法完成我的电影。当我不得不和其他动画师合作时，事情总会变得虎头蛇尾，比如我和大公司皮特·西格影业合作的《亚伯拉罕与以撒》。它是残缺的、痛苦的、遗憾的，因为动画效果实在太差了，我的剪辑和脚本也没能挽救。

在我刚刚完成的一个场景里，魔鬼和士兵在一场纸牌游戏中对战。我把人物画成剪影，魔鬼是纯红色，士兵是纯黑色。无论我多努力地想把它们画好，反复画，画无数遍，始终无法画出对的感觉。最后，我没有时间了，不得不把这个场景交给摄影师，然后继续其他工作。但现在我意识到问题出在哪儿了——我把它们画得太大了。这样的画幅，对我来说已经不自然了。我更倾向于在小尺幅上创作，必要时再借助机器把画放大。可当时的我并没有想到这点。哎，这大概就是泼出去的（墨）水，无法挽回了吧！我不确定现在是否还有时间重新绘制。它们已经被剪进了电影里，也许我无法奢求再画一遍、一百遍了。至少在我完成其他更紧迫的工作之前不可能。

可恶！我早该意识到的。我应该看看詹姆斯·麦克穆兰[①]的水彩画，并从中吸取经验。他作画的尺幅很小，通常控制在 5×7 英寸左右；一经放大，就能摇身一变成为林肯中心最引人注目的戏剧海报。既然说到麦克穆兰，我想提醒你留意观察他创作海报时融入的抽象元素，他将最现代的图形笔触加入他精湛的绘图式表现手法中。再注意看他的字，是对印刷体进行的徒手描摹，所以兼具手写体的温度和印刷体的精确。麦克穆兰无疑是当今最好的水彩画家，没有之一。有多少画家可以用水彩从蓝色渲染至黄色，中间却不需要绿色来过渡？许多人甚至不会去尝试。

说到画幅，我建议你去看看罗伯特·安德鲁·帕克[②]的水彩，巨大无比。这对他来说是最舒适的尺寸。每个初学者都会遇上这样的问题，怎样找到最适合自己的作画尺

---

[①] James McMullan（1934—　），美国插画家和戏剧海报设计师。

[②] Robert Andrew Parker（1927—　），美国艺术家，以他的绘画和人物、风景、动物版画闻名。

幅，以及最有感觉的媒介；而对于新手来说，最困难、最难以捉摸的问题是，如何发展自己的个人风格。这些都会在时间里找到答案，但只有通过磨炼和试错才能寻得。

令我惊奇的是，一个艺术家的画风和母题可以多么统一，配合得多么天衣无缝——二者互为给养，又相得益彰。拿詹姆斯·瑟伯[①]的作品举例。他通常用铅笔作画，几乎不触及纸张，像是害怕看到接下来出现的画面。《纽约客》的作家E.B.怀特经常不得不从瑟伯的垃圾篓里抢来他的画稿，抚平，再用墨描一遍。另一个率性大胆的极端，则是彼得·亚诺笔下神气活现的线条。这两位艺术家的风格，不仅表现着画笔背后的那个人，也为我们看画搭建了视角。看瑟伯的画，还没领悟到笑点，我们就会微笑；而面对亚诺的画，我们则会窃喜。

趁我还能想起来（这些天我在自己的工作里不得脱身），我喜欢你为《财富》杂志画的图。画得好，想法也好。美感与理念，在你的画里实现了快乐且必然的结合！


祝好。


R.O.布莱克曼

---

[①] James Thurber（1894—1961），美国著名幽默作家和插画家。1926年开始为《纽约客》撰稿，1927年进入《纽约客》编辑部，成为其中最年轻有为的编辑和自由撰稿记者。他与E.B.怀特一起确立了《纽约客》诙谐、辛辣的文风。

1984 年 5 月 1 日

**亲爱的詹姆斯：**

你为《乡村之声》构思的这个创意真不错，一辆垃圾车，挂着"我们为更洁净的纽约而工作"的牌子，同时向空气中喷出团团浊雾。不过，如果雾能换一种画法，我会更喜欢这张画。你的方式是用灰色平铺，其实有几分偷懒。我觉得你应该采用喷溅的手法，去表现尘烟"尾巴"的颗粒感。很简单。找一根牙刷，刷头上蘸些墨水，然后在厨房滤网上来回摩擦几次，就能用它实现喷溅效果了。这是威廉·格罗伯[1] 所用的技巧，效果很好。我在这里附上一张他的画。

在古老的杂耍演出中，有一项表演是两人合穿一件马的戏服，一人在前，一人在后。两位演员前后联动，协力完

---

[1]  William Gropper（ 1897—1977 ），美国漫画家、版画家和壁画家，以其对美国生活富有表现力的绘画和对政治家的讽刺漫画而闻名。

成动作。插画也是这样。创意只是"马"的一部分,另一部分则是绘制手法。它们必须协调一致,才能让作品成立。

目前,你的绘画技巧还没有跟上你的想法。但你还年轻,才刚刚入行,因此当你意识到不能仅仅依靠创意的力量来成就作品时,你就成长了。

这也曾是我的必修课。在最初接触插画以及之后的很多年里,我的画一度极其呆板僵硬。我意识到,自己必须探索出一种富有生气的风格。刚开始,我尝试了几种截然不同的风格——用交叉线表现阴影,让排线更紧凑,采用丝网技法(这是本·沙恩不经意的独创,他本人在20世纪50年代对插画师有着重要的影响。例如,安迪·沃霍尔在50年代刚进入插画界时,就在为哥伦比亚广播公司和艾米乐鞋业创作的作品中用到了丝网技法)。当然,除了以上提到的这几种风格,我还尝试了刻意为之的"颤抖线条",而它正是我最喜欢的,也是我选择坚持的风格。所以你看,风格的形成既是顺其自然,也是有意为之。所谓个人风格,并不是注定属于某个人的,更多的是个人喜好的结果。

我想起一个故事,关于罗伯特·弗罗斯特①独特的新英格兰口音。有一天,他从镜子里看到一个白发男人回

---

① Robert Frost(1874—1963),美国诗人,他的作品主要与新英格兰地区的生活与风景有关,用其来审视复杂的社会和哲学主题。弗罗斯特是唯一一位获得四次普利策诗歌奖的诗人。

喷溅技法确实让格罗伯这幅画更有力量了。

过头来，然后自言自语地说："现在……一个老人……就像……镜子里的那个人……他会……说话……很慢……"从那时起，罗伯特·弗罗斯特就一直这样说话了。

插画师有时会做出这样的错误选择：放弃商业艺术（在这个婉言的时代，使用这个词是如此不受欢迎。现在都叫它"传播艺术"了，上天垂怜！），转战画廊艺术。后者当然比前者更有声望，而且面对现实吧，在那儿你不需要和美术指导、编辑以及客户经理斗智斗勇（艺术市场除外，那里限制可能更多，但那是另一码事了）。正因如此，像马克斯菲尔德·帕瑞什[①]这样的人都去画美术挂历了。这既是事实，亦是比喻。他笔下所有那些卓尔不凡的变化，都为了描绘迪比克市的名媛女郎变得光滑而平整。

也有例外，偶尔也有插画师转战画廊后大获成功。索尔·斯坦伯格的转型就十分自然，那是他天赋的延伸，而不是与天赋的断然决裂。即便是从钢笔画转向了水彩、拼贴、蜡笔、油彩、蚀刻、石版画、壁画、立体装置，等等，他也丝毫没有抛弃原来创作里的睿智、魅力和创意。他没有刻意摆出姿态，"我要当艺术家了，漫画拜拜"。不是的，斯坦伯格在继续他一贯的实践。他继续游戏，像一个成年

---

① Maxfield Parrish（1870—1966），活跃于 20 世纪上半叶的美国艺术家和插画家，他以独特的饱和色调和理想化的新古典主义形象而闻名。

第二天，没有一栋楼还安然无恙矗立着。

**我十九岁的大作。画里的人像柱子一样僵硬。**

的孩子。新媒介即新玩具，他一个接一个地把玩。这就是他的秘诀：总是以游戏的精神去创作。任何其他做法都可能导致创造力的枯竭。我前面谈到过查尔斯·达尔文。一位评论家认为他之所以能有如此重大发现，是因为"他审视自己的研究领域时，兼具原始（和）天真之眼：原始使他敏锐，天真令他开阔。达尔文敢于提出的问题，对于那些比他更有学问、经验更丰富的同行们，甚至想都不敢想"。懵懂，至少是"开阔的天真之眼"，缘自有其妙处。

　　跨越不同的领域，比如从平面设计到绘画，虽然激进，但有时也能成功。马文·伊斯莱尔[①]是我们业内最好的设计师之一，他从前在《十七岁》杂志工作，现在就职于《时尚芭莎》。他从编辑设计转到绘画，作品可谓相当出色（其中有弗朗西斯·培根的功劳，但他自己的个人特色仍然鲜明）。不过，这种例子仍在少数。更典型的例子是安德烈·弗朗索瓦[②]，这位出生于罗马尼亚的艺术家，亦是斯坦伯格的同胞。弗朗索瓦的插画是充满活力而才思洋溢的，但他许多的绘画作品看起来勉强、自我沉醉，缺乏插画里那种讨喜的魅力及风趣。我不禁想象他作画时的情景：一

---

① Marvin Israel（1924—1984），美国艺术家、摄影师、画家和艺术总监，以现代及超现实的室内设计和抽象意象而闻名。

② André François（1915—2005），出生于匈牙利，1934年移居巴黎。他曾担任画家、雕塑家和平面设计师，但最为人所知的是他的漫画，其微妙的幽默感和广泛的影响力可与索尔·斯坦伯格媲美。

只眼盯着画布，另一只眼却盯着三千英里之外的索尔·斯坦伯格的工作室。

我必须得收笔了。工作室的校验员艾达·格林伯格正双手叉腰站在我门口呢："第46场戏的模型呢？"

啊呀！

匆匆，

R.O.布莱克曼

**亲爱的詹姆斯：**

我过去曾在纽约视觉艺术学院教过漫画。我会给学生发一些教辅资料，其中一张纸，上面有九个点，呈三行排布。如图所示。

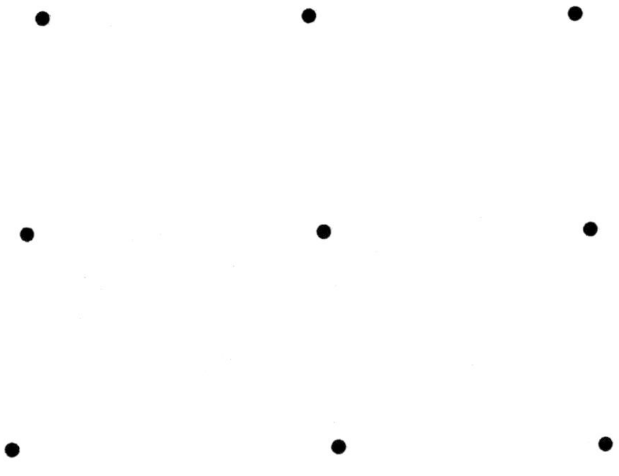

我会要求学生在不抬笔的情况下，把点连起来。所有人都小心翼翼，在最外圈的点所构成的边界里完成连线。那是他们的臆测。也许不中听，但就是这样。臆测。谁说线必须穿过点的中心？没人这样规定。这正是作家们所说的"感知屏障"。臆测会成为解决问题的障碍。例如，一种常见的臆测是，插画师不能够脱离文本。这是无稽之谈。插画唯一重要的是与主题相关，但不一定要模仿作者的视角。举个例子，如果有黑客侵入了政府系统，以官方名义著文，盛赞皮诺切特将军[1]在智利的统治——然而插画师很清楚，那些被认定为社会激进分子的平民，日常遭受的明明是关押、虐待和处决。如此一来，作为艺术家将有如下选择：

选择一：拒画这篇文章（同时吻别几百美金和一些可能还不错的曝光）。

选择二：给这篇倒霉文章配图，但不冒犯作者的立场。

选择三：给这篇文章配图，紧扣主题，同时紧扣作者观点。

现在我们来聊聊第三种选择，紧扣作者观点。这更有趣也更合理，不是吗？而且你可能要飞速完成这张画，尤其在报社已经没有时间，期刊必须要交付印刷的情况下。

---

[1] Augusto Jose Ramon Pinochet Ugarte（1915—2006）曾出任智利总统（1974—1990）和陆军总司令。执政期间，残酷镇压民主进步人士，但在经济上实施改革。

当然我得承认，更有可能的情形是，插画师被告知，请为这篇文章配图，否则他们就另请高明。

詹姆斯，我意识到这是一件全然凭勇气的事，因为正如我们所知，《纽约时报》等任何机构可能只会说："听着，我没法和那个家伙共事！每次跟他打电话都要犯心脏病。谁爱干谁干！"然而这正是逆向者的机会。只是记住，逆向者在人群中总是显得与众不同而格外被关注。这不是件坏事。

我刚为《纽约时报》一篇由里根总统撰写的专栏文章配了插图：一头巨象，叉着双臂，闭着眼，安坐在一堆也许是民主党人的身上。出乎我意料的是，这奇葩的主意居然奏效了！当然，复活节我并没有受邀去白宫参加滚彩蛋 ①仪式。不过，也许无论如何我都不会被邀请。

俗话说，"做自己的事"，不光是指无愧于心地生活，也意味着乐在其中，或许还有改变人心和思想的弦外之音。不过我更同意 W.H.奥登的观点：他写道："诗歌啊艺术啊，改变不了任何事。"

奥登的话，也许是我另一封信的主题——如果《往事》进行顺利，我来得及写的话。不过我要承认，托马斯·纳斯

---

① Egg-rolling，复活节的传统游戏。在美国，每年复活节都会在白宫的草坪上举行滚彩蛋仪式，儿童们会用一个长柄勺推着鸡蛋滚到终点。

特[①]的一纸漫画，的确促成了特威德老大的倒台与坦慕尼机器的溃败；[②]而亚伯拉罕·林肯也的确肯定了《汤姆叔叔的小屋》的作者哈里特·比彻·斯托的力量——林肯曾戏谑地向她致意："就是你啊，挑起了这场战争的小姑娘!"所以也许，只是也许，一些人手中之笔的确如同强大的武器。

就到这吧。詹姆斯，与你通信给我带来很多乐趣，但我的电影工作会给我带来更多乐趣，运气好的话，还可以带来名气和财富。所以我得停笔了。不过在这之前我想说，你仍可以给我寄来你的作品。只是别期待我能立刻答复，至少这些日子没办法。


祝好。


R.O. 布莱克曼

---

[①] Thomas Nast（1840—1902），出生于德国的美国漫画家，通常被认为"美国卡通之父"。他最著名的作品是现代版圣诞老人和将大象作为美国共和党的象征。

[②] Tammany Hall，成立于1786年，后成为纽约市民主党的主要地方政治机器，并在控制当地政治以及帮助移民在美国政治中崛起方面发挥了重要作用。曾通过典型的"老板主义"来行使政治控制权。

坦慕尼协会最臭名昭著的人物是特威德（William M. Tweed）。他及其同伙在纽约的各领域都占据了重要岗位，在他的控制下，纽约市从原来的下城和中城延伸到今天的上东区和上西区，但在这当中，他自己和亲信们利用各种手法疯狂敛财。

1871年，《纽约时报》得到了特威德和他的同伙大肆侵吞公款的证据，公布了这些材料，引起了民众的公愤。记者与漫画家纳斯特（Thomas Nast）以一系列漫画揭露坦慕尼协会的罪恶。最终特威德被判处12年徒刑，尽管他一度潜逃到西班牙，仍然被人认出，引渡回纽约之后于1878年死于监狱。

**1984 年 6 月 24 日**

**亲爱的詹姆斯:**

"麻烦来临时,"莎士比亚写道,"从不单枪匹马,而是千军万马。"没错,詹姆斯,大军已经抵达现场。他们穿着和钞票同色的制服,就在我的城堡门前安营扎寨。

就在这周,我发现工作室的资金用完了,我们不得不停下手头所有关于《索达往事》的工作。你能想象吗? 一直以来我们都在自掏腰包投入这个项目,以填补来自 WGBH①、公共广播集团、PBS 三方佣金不足的部分。但现在我意识到,我们的储蓄罐已经一分不剩了。我必须以某种方式,在某个地方找到资金——并且要快。

昨天我给克洛伊·亚伦打了个电话,她是 PBS 的节目主管,曾在我上一个 PBS 节目、圣诞特辑《简单的礼物》

———————————
① 美国的一家公众电台。

的制作过程中给予我很大支持。"克洛伊,"我恳求道,"我在这个项目上已经投入了太多,现在不可能停下来。我必须拿到大约二三十万才能完成它。我想说,这部电影真的进展得很顺利……看上去也很有前景……我们已经请到麦克思·冯·西多来扮演魔鬼……还找到了另一个优秀的声音出演士兵……"

"鲍勃,"她回答道,"我会跟盛大演艺的苏珊·莱西谈谈。"

"不(叹气),别去找她。别费心了,没用的。去年我就和盛大演艺的人聊过,被拒绝了。"

克洛伊的语气里带着微笑:"我来和苏珊说。"

有些人天生能说会道,有些人则不行。本周初,我就收到了一张二十万美元的支票。看看这些零,每个零都是一圈梦想的泡影。我去银行存了支票,然后回到工作室,门却打不开——被锁上了。上午十点? **锁上了**? 我注意到门上贴着一个信封,是电影银幕漫画家协会841分会寄来的:"由于雇主自8月15日起就未缴纳工会养老金、保险金以及福利基金,已通知'墨水罐'的员工罢工……"

所有零都消失了,果然是梦想的泡影! 大多数的零化作退休金和福利基金直接飘进了电影银幕漫画家协会841分会的口袋里。但好在还有足够的钱重新开张——虽然开不了多大，至少能恢复生产了。命运女神在她那不断旋转的球上又转了一圈。

抱歉，这封信太自我了。相较于你的信，这样的回应有失公允周到。但仔细想想，你的上一封信也说起很多你和埃米丽·格鲁伯之间的大起大落。所以平心而论，你论及了你之爱恋，现在我也只是在谈论我的（同样大起大落、关于迷恋的故事）。不过下一封信，我们会谈到彼此共同迷恋的事。

祝好。

R.O.布莱克曼

**1984 年 6 月 24 日**

**亲爱的詹姆斯：**

这个问题很难回答：你弟弟该去哪里求学？没错，我们知道，塞斯想成为画家，或者插画师、平面设计师、电影导演，也可能朝这几种身份同时发展。这是我们清楚的。我们不清楚的是，哪种选择会为他打下最好的基础。艺术院校，还是文科大学？

我的倾向，仅仅是倾向而已，是推荐他去（掷硬币时间——人头朝上！）文科大学。我是这样想的，艺术，尤其是插画，在内容的创作上极其依赖隐喻和类比。如果能在文学、历史、科学、艺术等人文科学方面打下深厚的基础，将来真正需要用上的时候，就会受益无穷，这和艺术院校所提供的技术同样宝贵。何况有时候，专业技能更适宜自学。这种自学几乎是渗透性的，因为学习的对象无所不在，渐渐地，它们就不得不成为我们自身的一部分。澳大利亚评论家克莱夫·詹姆斯对自学有这样的评价："艺术家倘若真的需要某种专业知识，会出于自身才华的需求，驱使自己去习得。"

假使塞斯去上了大学，并决定当一名插画家，然后幸运地接到一个任务——为一篇关于储蓄信贷丑闻的文章配图。塞斯也许会把这则事件和奢欲、妄念挂钩（毕竟在我的假设里，他刚刚在英语 101 的课堂上读过《伊利亚特》，学到了"妄念"这个词）。接着，他兴许会想到米达斯[①]即将给他的独子送上一个致命的金色拥抱；又或许会想到伊卡洛斯[②]为他的向阳之行插上蜡质的羽翼。诚然，这些可能都不是最佳方案。而且一旦这么画，还可能脱离我们大部分未受过教育的公众；或者说，不是未受过教育，而是受过糟糕的教育，被充斥我们生活方方面面的媒体所教育的公众。但重要的是，塞斯的思维将是发散的，因为他可以汲取的素材是如此广博和深刻。可供参考的素材不受局限，能让画面具备更多可能性。最终呈现在纸上的图像，会向观众传达着彼此都认同的价值观，并将这些价值观传

---

① Midas，希腊神话中的弗利吉亚国王。贪恋财物，曾求神赐予点物成金的法术。酒神狄俄尼索斯满足了他的愿望。而后他的孩子亦被他的手指意外点中，变成金子身亡。

② Icarus，希腊神话中代达罗斯之子，与父亲使用蜡和羽毛造的翼逃离克里特岛时，因飞得太高双翼上的蜡遭太阳融化，跌落水中丧生。

递给后世，一种必要的文化传统也由此薪火相承。

塞斯学习艺术，不一定要上艺术院校。他同样可以通过听莫扎特，或埃灵顿公爵、艾拉·菲茨加拉德的音乐来学习。比如，莫扎特如何借助对比使音乐戏剧化，并牢牢抓住听众的注意力——长短乐句的交替演奏、管弦乐中的独奏、大小调的轮番登场，等等。任何一种艺术形式，都可以彼此引导，相互激发。罗伯特·舒曼在谈到浪漫主义小说家让·保罗·里希特时曾写道："我从让·保罗那里学到的复调知识，比从我的音乐老师那里学到的还要多。"没准小说家里希特从音乐家舒曼那里，也学到了一两样东西。

如果塞斯真的听从了我的建议去上大学，比较明智的做法是在选课前仔细查看学校的工作室课程。原因如下：工作室课程都是 MBA 授课，这也是大多数大学教职的必要条件。但有多少艺术家会费心追求更高的学历呢？他们太热切、太渴望去开始自己的艺术创作了。当然，有些最好的老师，同样也是最糟的艺术家；反之亦然。就像壮志未酬的作家，也可能是杰出的文学爱好者和解说者。萧伯纳这句话说得不太公平："能者，为事；不能者，为师。"我也发现，有些"不能"的人，却是能教书的，并且教得很好。关键是，塞斯应该仔细查看工作室授课老师的资质。

他们要么不懂视觉，要么崇尚竞争，要么过于局限艺术的概念本身。总之，对于情感脆弱的新手来说，他们可能是个危险。

现在来说说硬币的另一面。

海明威需要拿到文学学士，才能写出《太阳照常升起》吗？莫扎特是在萨尔斯堡音乐学院读过书，还是托尔斯泰上过莫斯科大学？赫尔曼·麦尔维尔在写《白鲸》前上过哈佛吗？（"……捕鲸船就是我的耶鲁哈佛。"他写道。）约瑟夫·康拉德在写《黑暗之心》前上过牛津吗？都没有，康拉德上大学，是他经历了多年航海之后的事情。他当过海员、走私者、枪贩，还有冒险家——这些经历，单是这些经历本身，就足以为他提供素材、刺激和灵感，创造属于他的非凡故事。在某些情况下，大学甚至可能变成绊脚石。E.L.多克托罗①就是从凯尼恩大学毕业十年之后，才放弃论文开始写作。之后他又花了好几年的时间，告别编辑的安稳生活，转而成为没有保障的小说家。大学是培养惯性的温床，而惯性则是艺术的克星。大学会告诉你人类过去的所作所为，却往往以牺牲你对世界的想象力为

① E.L.Doctorow（1931—2015），美国小说家、编辑和教授，以其历史小说作品而闻名，代表作《拉格泰姆时代》《大进军》等。多克托罗曾获得美国国家图书奖、美国笔会／福克纳小说奖等，奥巴马称他为"美国最伟大的小说家之一"。

代价。

学术生活也会危及担任教职的艺术家。哈佛大学视觉艺术委员会的一篇报告是这样说的："不幸的是，在太多情况下，兼任教职的艺术家逐渐变成了另一种身份：曾经是艺术家的教师。有太多时候，最初的任命依据就存在谬误。为了寻找一位能与艺术史学家'合得来'的艺术家，该系如愿获得了一个合得来的同事，但结果往往是，这些人既称不上艺术家，也算不上教师……长此以往，艺术家产出的作品明明越来越少，却还保留着艺术第一、教学第二的态度。这无疑是种危险。"

这种处境对老师而言很糟糕，对学生亦是如此。没有人是赢家。

"无知也许是种福气。"阿瑟·库斯勒在指出学院主义的危险时曾这样说。他举了法拉第发明电动机的例子，还有托马斯·A. 爱迪生的例子，他似乎发明了除电动机之外几乎所有的东西。顺便提一句，爱迪生曾被父母认为是弱智。"他什么时候才能停止问这些该死的蠢问题？"他的父母哀叹道。"法拉第对数学的无知成为他的优势；而爱迪生则得益于他对科学令人咋舌的无知。"库斯勒总结道。两人都没有意识到，自己正在做的事是同龄人眼中的天方夜谭。

历史上自学成才的大师比比皆是。当有人找到吉安·卡罗·梅诺蒂 ①，想把他的歌剧大作《灵媒》拍成电影时，他与创作全才让·科克托探讨："我怎样才能拍出一部电影？"

"去拍就是了。"科克托回答道。

天赋异禀的创作者，往往会质疑自己的能力。乔治·格什温 ② 曾经问莫里斯·拉威尔 ③，是否愿意收他为徒。拉威尔拒绝了。"我希望你成为一流的格什温，而不是二流的拉威尔。"而当拉威尔了解到格什温通过原创音乐赚取了一大笔时，情况则出现反转。"快教教我怎么做。"拉威尔问。

应该也有艺术院校提供文科的兼修课，这些学校或许是塞斯应该关注的。

接下来，看你的了。拿着硬币，让塞斯掷一次吧。他掷得没准和我一样好。


祝好。


鲍勃

---

① Gian Carlo Menotti（1911—2007），意大利裔美国作曲家、编剧、导演和剧作家，被认为是 20 世纪最重要的歌剧作曲家之一。他将 20 世纪的戏剧情境与意大利歌剧传统形式成功结合，使得他的作品成为同时代最受欢迎的作品。

② George Gershwin（1898—1937），美国钢琴家和作曲家，其风格横跨流行和古典。

③ Maurice Ravel（1875—1937），法国作曲家、钢琴家和指挥家。在 1920 年代和 1930 年代，拉威尔被国际公认为法国在世的最伟大作曲家。

为什么我现在署名为"鲍勃"？我的手无意，又或许有意地写了出来，毕竟如今的我们应该是能直呼其名的关系了。不过我要提一句，我的名字是"奥斯卡"，并不是"罗伯特"。那为什么写的是"鲍勃"？"R.O"又是怎么来的呢？

　　我记不清为何，又是何时选择了首字母作为笔名，还把名字的前后顺序颠倒过来，但我想，我应该是觉得这种写法能赋予名字一种气质吧：神秘、引人遐想，能牵动读者的注意力。E.M.福斯特的名字是"埃德华""埃德加"，还是"埃德蒙"？（朋友们叫他"摩根"。）T.S.艾略特的名字是"西奥多""托马斯"，还是"蒂莫西"？（密友叫他"汤姆"，但他在便条上签的是"艾略特"。我知道的。幸运如我，有一张他的便条，是从我买的一本霍加斯出版社的小册子里掉出来的。）

　　所以你看，对于陌生人而言，我是"R.O"，对朋友而言，我就是"鲍勃"。既然我在这封信上署名为"鲍勃"，那么欢迎你，我的朋友！

1984 年 7 月 1 日

**亲爱的詹姆斯：**

我把你的漫画寄还给你，还贴上了一颗金星。只有一颗？我可以贴上十几颗，毕竟我那么喜欢你的画。但我不敢做任何让你从画上分心的事。

多好的概念啊！艾萨克·牛顿倚在那棵传奇的树下，苹果却落在他看不见的身后。精彩！

你的画完美诠释了生活的任意性，不论多么微不足道的小事，却可能改变世界。如果查尔斯·达尔文没有登上小猎犬号，并在加拉帕戈斯群岛靠岸，他还会想出进化论吗？如果亚历山大·弗莱明的窗户那晚没有开着，一个路过的孢子恰巧落在细菌的培养皿上，杀死它们，弗莱明还能顺着线索发现青霉素吗？事实上，弗莱明能进入他从事研究的那所医院，也纯属偶然。圣玛丽医院有一支水球队，弗莱明是想加入的。后来他把研究方向改成了细菌学，因为圣玛丽医院的步枪队有一个空缺，而弗莱明是一个出色的步枪手。多巧啊！

除上所述，还有其他宿命般的意外——摄影、X 射线、巴氏杀菌法的发现——它们都在我看到你的精彩画作时，一一浮现在我的脑海。历史上充斥着苹果恰好落在对的一边的例子。你的概念很棒，如此有趣且颇有见地。但我想把我贴的星星剪掉一角，因为你的画还不足以支撑你的概念。牛顿和苹果都很完美，苹果右侧甚至有一片叶子，用来强调有些事情只发生在树（错误）的一侧。而且叶子还随着下落的方向微微弯曲，这个处理多好。我敢打赌，你在画的时候把当时的情况表演出来了（我妻子说我画画时，经常大笑、皱眉或呻吟，以此体验我想表达的情绪）。不过，树的叶子还可以再饱满一些，枝叶整体再高一些，现在它看起来光秃秃的。不过这已经是吹毛求疵了，想来竟有些愚蠢。还是把我刚才写的都忘了吧。

看，你的画回来了——还有一颗完整的星。我不必保留这幅画，因为它已经定格在我的脑海里，亲切长存于斯。


祝好。


鲍勃

精彩，詹姆斯！

再附上一句：我喜欢你的签名，杰兹。活力又俏皮，比你的全名惠特林顿要好得多——这是个好名字，可实在太拗口了！

**亲爱的詹姆斯：**

看来埃米丽对她的工作比对你更上心。这没什么，有那么可怕吗？她想在时尚领域追求一番事业，只是说明她关注事物的视觉层面，这简直再好不过。如果她不具备视觉思维，没有和你一样的感受力，那么，当她打扮得像个六十年代的花孩①，或者身上穿的颜色图案款式都风马牛不相及，罔顾你的审美，你会怎么想。你应该庆幸，你们俩拥有共同的价值观。

我预见的问题是，她选择了一个既不关心美也不关心实用性的领域。在那里，只有新奇是最重要的。越出格的姿态，激起的水花越大。更糟糕的是厂商的逐利心理。当

---

① Flower child，佩花嬉皮士。主张"爱情、和平与美好"，佩花以象征其主张。故名花孩。

她从 FIT[①] 毕业后大概会发现，这个领域人满为患，对市场之外的任何事都漠不关心——并不是说大多数经营者对市场有什么了解。他们的双眼（这对萎缩的器官！）仅仅是为了看竞争对手在做什么，视线完全集中在无关紧要的区域。

你在信中抱怨，埃米丽在你的住处过夜时偶尔会打呼噜。这是她最大的缺点吗？詹姆斯，你真幸运。但你真正想说的似乎是，埃米丽并不完美。让我来告诉你，没有人是完美的。人生来便不完美，从字面上讲就是这样。你知道人脸是不对称的吗？一边脸与另一边相比，有细微但无法察觉的差别。上帝或大自然也许想借此告诉我们些什么。近东地区的地毯织工都知道这点，他们织出的地毯总是带着些许的不对称。一种颜色、一式图案，永远不会以相同的方式重复。这就给他们的作品添上了人的印记。你能在一幅画中也看到这种印记——一条线没画直，或从中断开；一小片颜料聚结成块，但恰好落在合适的地方。这些"瑕疵"将我们与作品连结在一起。它表明，是一个人创造了这件事物。

托马斯·曼在他的小说《魔山》（这本书你值得一读）中曾这样论及"完美"。正值隆冬，小说的主人公汉斯·卡

---

① Fashion Institute of Technology，时尚技术学院，位于美国纽约。

斯特普在一场突如其来的暴风雪中迷失了方向，这是对1914年震动整个欧洲的世界大战的隐喻。卡斯特普注视着在他周身旋转着的雪花：

> ……每一片都是绝对对称的，形状上呈现出一种冰冷的规则感。它们实在太规则了，任何有灵之物都从未达到这种程度的规则。生命在这种完美的精确性面前不寒而栗：它发现这种精确具有死亡的意味，甚至是死亡的精髓。现在，汉斯·卡斯托普觉得自己明白了，为什么古代建筑家们会在柱式结构中，有意识地暗中加入些微小的变化，以避免它们绝对对称。

再说回埃米丽，我希望她在工作中取得成功（并止住打鼾）。但无论她是否成功做到这两件事，或是做到其中任意一件，你都应感到幸运，因为她能充当你工作中的参谋。她可以告诉你，这件作品是否能让人理解，看起来是否还不错。这很有价值。不光是有价值，有时是必不可少的。

我最近读到，E.M.福斯特曾一度考虑放弃《印度之行》的写作，而这本书现在却被公认为是他的代表作。他曾经给伦纳德·伍尔夫 ① 看过手稿。"我觉得这本书很糟糕，"福斯特后来写道，"如果不是伦纳德·伍尔夫的鼓励，我可能都不会完成它。"那如果他没有给伍尔夫看呢？如果马克斯·布罗德遵从卡夫卡临终前的禁令，烧毁了他死后出版的所有稿件呢？我不禁想，由于建议和支持、给予或隐瞒，挽救了多少艺术品，又失去了多少艺术品。

艺术是一项孤独的事业。评判和审视自己的作品是困难的，也是令人疲惫的。我们应当欣然迎接另一双眼睛。


祝好。


R.O. 布莱克曼（哎呀！那就用全名落款吧）

---

① Leonard Woolf（1880—1969），英国政治理论家、作家出版商，作家弗吉尼亚·伍尔夫是他的妻子。他们在 1917 年创立了霍加斯出版社，并以敏锐的洞察力鼓励了艾略特和福斯特等作家的创作。

1984 年 7 月 22 日

**亲爱的詹姆斯：**

我很高兴你喜欢我的专栏插画。这不是件容易差事，别问我为什么。主题显然很吸引人：破产的新年计划。但不知为什么，我还是费了大把力气做这项工作。幸运的是，我创作这幅画的时限很宽松，比往常宽松得多。你也知道，截稿时间通常都非常紧迫，多是二十四小时为一个周期。但就这个任务来说，我有整整两天的时间给他们发送草图，还有一天用来完稿（我倒不担心草图，我喜欢直接奔着完稿去创作）。细节决定高下，一件作品是否表意清晰，是否吸引人的目光，全在细节处区分。"上帝存在于细节之中。"密斯·凡·德罗 ① 曾这样说。如果你质疑这

---

① Mies van der Rohe（1886—1969），德裔美国建筑师，被认为是现代主义建筑的先驱之一。

点，看他设计的西格拉姆大厦就知道了——一座通用的玻璃塔楼，却有着精致准确的比例。正是其中的细节，例如那些成古典主义比例的窗户，体现了优雅和平庸的差别。

话虽如此，但一定要警惕，别丧失了第一张草图里的活力和新鲜感。

为了不让你厌烦，同时不让自己难为情，我就不给你看我在完稿前的各种错误尝试了。我画了十几张草图，其中一张，我在接到任务后不久，就相当冲动地传真给了艺术总监。（睡一晚再投递永远是个好主意，既适用于信件也适用于画稿，因为第二天很可能会有新的启发。）碰巧的是，对方编辑竟然接受了它。但我可以看出，这种接受并不伴有任何热情。这一点我能够也应该预料到，毕竟寄稿前我的妻子也看到了这幅画，而她并没有多大反应。

无论如何，我知道一定得想出更优的解决方案（我的朋友鲍勃·吉尔也说，总是有的）。所以我只是不停地画着、涂鸦着，就像保罗·克利[1]所说的那样，带着我的线条"散步"——心中没有明确的方向，让自由自在的联想引导我。斯坦伯格这样评价自由联想的价值："画一张画，说一句话时——我们就谈后者——我对要说的话会有一个非常

---

[1] Paul Klee（1879—1940），瑞士裔德国画家，他高度个人化的风格受到包括表现主义、立体主义和超现实主义的影响。他深入探索了色彩理论，并对其进行了大量写作。

模糊的想法。在说的过程中，我希望结论和主旨会自己出现。"在斯坦伯格那儿，它们通常都会出现。

涂鸦可以开发潜意识——那是一片富于创造力的浩瀚汪洋，艺术家每每潜入其中，发觉灵感。一条线被抛进来，漂浮于水面。一会儿漂到这儿，一会儿又漂去那儿……漫无目的地游移在深邃而隐秘的水流中。然后，伴随一息声响，一件珍宝从黑暗中浮现，闪耀着光芒。

我恰好还保留着完稿前的过程图，你也许有兴趣看看它们。我会把其中一些和这封信一起寄给你。


祝好。


鲍勃

　　这是我画的第一张图。我发给《纽约时报》并且被接受了，
但我知道应该有更好的方案。

我尝试画了这张。

　　然后，我把一连串气球一样的思考框，变成了一个泡泡形
的思考框。但是画面中的热气球看起来已经不像是一个思
考气泡了。

这下好了，我把气球／泡泡戳破了，
用来传达计划破裂的概念。

我给思考气泡添加了一些细节，为了让表意更清晰。

这是被发表的那张。

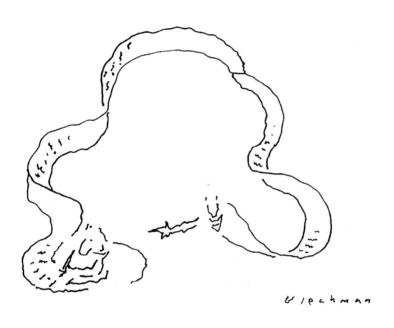

我也给他们发了这张画，作为备选方案。

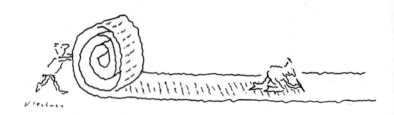

我还画了这张，但并未投递。

还有这张（同样未投递）。

亲爱的詹姆斯：

　　这也许不值得写一封信，它现在看起来是那么不足为道，但当时深刻地影响了我。

　　我上周去了一家万宝路书店。你知道那种地方，杂乱不堪，满地堆放着廉价售卖的书。在那里，作者们一看见自己惨遭削价、仅印发了一年（却酝酿多年）的书，就会忍不住横眉竖眼，心想：就这样吧，谁爱干谁干。日以继夜、赔上周末和假期的奋笔疾书，最后只换来《纽约时报》的一句恶评——愚蠢，实在太愚蠢了！与此同时，你最好的一位编辑朋友会告诉你："你想想，差评总比无人问津要好，对吧？"大错特错。他说得当然容易，这又不是他的书，不是他的书最后被贴上"降至 59 美分"的标签，像太平间里的尸体挂着的脚趾牌。

我想起了乔治·比才 ① 关于歌剧的说法，也可以说是对许多其他创意领域的评注："多么美妙的艺术形式！多么倒霉的职业！"

说回万宝路书店。正当我在书山成堆的桌子前随意浏览时，我看到一件有趣的物什。贝拉·夏加尔（夏加尔的妻子或女儿?）写的一本书，名为《燃烧的光》，并附有"马克·夏加尔的三十六幅画"。我怎么能拒绝这本书？哪有插画师能拒绝？这样一本关于夏加尔画作的百宝箱式教科书，一堂展现线条笔法的示范课——粗的、细的、点状的、点彩式的、交叉排线的——如此不可思议而富有表现力的变化。唯一遗憾的是封面。上面是一幅纤细的、水彩质地的作者肖像，和大师气势非凡的作品截然不同。毫无疑问，出版商委托了另一位艺术家来设计封面，也许他认为这比夏加尔强烈风格化的作品更为"写实"，因此更有卖点。还记得这本书是夏加尔妻子的吗？扮演主角的却是她丈夫的作品！出版商一定认为，封面必须要吸引大众。

我正犹豫要不要买这本书（想想那张封面！），但转念一想：这样，我可以把封皮取下来扔掉。就像一瓶标签稀烂的好酒，我可以把酒倒进玻璃壶里，再把瓶子扔掉。

_____

① Georges Bizet（1838—1875），法国浪漫主义时代的作曲家，最著名的作品是《卡门》。

我买下了这本书。

现在疯狂的部分来了。回到家，我想弄清楚书皮的插画师是否在致谢名单里，抑或是会以众多出版社备用的"佚名"出现。我翻到书后的空白页，底边写着：封面上是贝拉·夏加尔的肖像，由马克·夏加尔所画。

马克·夏加尔？他怎么会这样做？是为了让妻子开心，或者让出版商满意，才必须得这样做吗？又或许——我突然想到——艺术家的风格本来就不一定是"自然"的，而是一种将技巧运用自如的结果。真是个谜。我从这一切中得出的结论是，了不起的艺术家，有时也会犯不得了的错误。这本书应该被收入失败艺术博物馆，而不是我的书架。

好吧，詹姆斯，我说过这不值得写一封信，但我既然写了，就不会把它扔掉，像扔掉一张糟糕的封面或一个破损的酒标那样。我要回到工作中去，并且把这封信寄到失败信件博物馆。


祝好。


鲍勃

**1984 年 8 月 20 日**

**亲爱的詹姆斯:**

我收到了你设计的邮寄广告,并且特别喜欢。画得好,构思也不错。我很高兴你主动宣传自己了。你要对外留下你的名字,这很重要。出版当然是最理想的方式,但如果行不通,那就以邮寄广告的方式将自己的画公之于众。你会发现,你投递出的几百封邮件,有几十封会被对方留下,接着会有几个电话打进来,再然后,也许,只是也许,有一个工作机会。一场空也是有可能的。重要的是不要成为米尼弗·契维,你还记得他吗? 埃德加·阿灵顿·罗滨逊诗作中的主人公,那个"傲世的青年……(他) 为自己降生于这个世界而痛哭……冥思苦想,苦想冥思……"但他什么也没做。空空而来,又空空而去。

小时候,我藏有一套《杜利特医生》系列丛书,其中一本里有只动物，我被它迷住了。它叫尼拉沃特（"你拉我推"），身体两侧各长了一个脑袋。一个脑袋一直嚷着："推！"另一个则不示弱地喊道："拉！"于是那只可怜的家伙就站在那里，动弹不得，两个脑袋永远相执不下。我想，每个人的身体里多少都住着一只尼拉沃特。

说回你的邮件。我同意你的说法，你用的纸太薄了，真是可惜。没有什么比厚重的纸质，更能让一纸邮件散发出独特和优雅的质感了。高克重纸张和低克重纸张的区别，就像雕刻印刷和热敏印刷的区别。热敏印刷其实就是假雕刻，虽然这种印刷自有其用途，但从不用于名片。这也像是凸版印刷和胶版印刷的区别。凸版会"咬"入纸张，赋予纸张一种奇妙的触感，而胶版只能平直呆板地贴在纸上。

你的问题是犯了想当然的错误，以为你的印刷商会为你的邮件广告选择合适的纸张。想当然是危险的。

我的印刷商有一块广告牌："绝不想当然。"在它旁边挂着另一块广告牌，上面是印第安人射箭的画面，下面刻了一排小字："我们的目标是令君满意"。这句话并没有打动我，但第一块广告牌上的那句"绝不想当然"则正中我心。人们自以为是的时候，灾祸往往接踵而至。

举个例子。我以为《索达往事》的片长是五十八分钟（这是一小时时长的电视节目通常要求的长度），就会在五十八分钟内收尾。我错了。上周我的剪辑师来找我，说比要求的长度还短了几分钟。短了几分钟……我该怎么做？必须在两周内交付影片，而动画制作是如此昂贵和耗时。好吧，我们决定拍摄一个实景真人的片尾彩蛋，围绕斯特拉文斯基的工作习惯，把它和我们创作动画的方式联系起来——虽然并不确定两者之间的联系，但感觉能说得通。所以我放下画板，在桌前草草写出了一个剧本。当我写到这儿时，戏已经在拍了，看上去挺好。记得我上回寄给你的那张图吗？有九个点必须连接起来的那张！跳出自以为的框架并重新思考，似乎真的有帮助。真人拍摄的结尾效果很好，与影片开头的实景拍摄相得益彰。这似乎是一个还不错的自然的结尾。

　　一旦开始想当然，很多事情就可能出错。一种常见且合理的主观推断是，画稿被交付使用后，它翻印出的样子会和原先画的一样。事实并非如此。画的大小取决于不同的美术指导。碰上有内在顺序的作品，他们还会变换单幅画的尺寸，整体进行混搭：一些图被放得巨大，另一些则被极度缩小，呈现出达达主义拼贴中元素大小如视力表般递减的效果。拼贴处理后的作品，不一定就是糟糕的——可惜通常如此。另外不论如何，这些操作都是未经过插画师本人点头的。

　　面对这种情况，我会尽力这样做（只能说**尽力**，我并不总能得逞）：在美术指导把设计好的版面送去印刷厂之前，先看一眼。这种机会不常有。有的美指会感激你操这份心，有的人则会反感。但最后的结果总是证明，这种付出是值得的。

我曾经为《看客》杂志做过一则广告。你知道那本刊物，旨在博人眼球而不是汇聚思想，这种调性从它的刊名"看客"就可见一斑。这则广告将它自己定位为调查型和知识型的期刊，实在荒唐；不过目的也很明显，可能是为了与他们的劲敌《生活》杂志区分开。由于使用了完全不合适的字体——库珀黑体，这则广告看起来就更愚蠢了。库珀体给人的观感，与精致、成熟截然相反，每一个字母的造型都像腹肌隆起。因为标题的字间距被设置得十分紧凑，库珀体粗犷的雄性气质又被进一步放大。

有句广告词会让这个标题难堪："理由无需多言"[1]。基于标题里拙劣的双关，我想象的是一个拟人化的问号形象，正在检视它的肚脐眼（也许算不上精彩，但面对这样的标题，这已经是我能想到的最佳方案了）。这就是我的画，但它险些以另外一种样貌出版。制版师以为我画的肚脐是一粒污垢，于是把它去掉了，也就去掉了这幅插画的精髓。幸运的是，《看客》一位机敏的校对员发现了这个错

---

[1] "A word to the whys"（理由无须多言），同"A word to the wise"（智者无须多言）双关。

误，并且及时纠正过来。我给你看看这张画。

这个错误是被及时发现了，但我现在要说的另一个例子则没那么幸运。当时我在印刷厂检查我设计的一个宣传邮件。我看了打样，做了颜色修正，又看了第二份打样，告诉对方没问题之后就离开了。

我没料到的是，在我离开后，印刷工可能会喝口咖啡休息一下，或者会出去抽支烟。而他不在的这段时间里，墨水的流量则无人照看。这正是现实中发生的事情。等那个印刷工回来，我在早上八点确认的浓郁色彩，到了八点二十分已成了一片清汤寡水。印第安人忘记了射靶时要紧盯目标。

东西就这么毁了（损坏了，还不至于毁了），但至少我从这件事中吸取了教训。印刷工也是。连他们的老板也逃不过，因为他不得不重新执行这份工作。

这告诉我们：绝不想当然。插画只有在印刷后才算完成，电影只有在上映后才算收工。正如生活中大多数的教训那样，这些都是严酷的教训，必须一再去领悟，一遍……又一遍……无数次去总结与学习。


祝好。


鲍勃

# How to tell a What from a Why

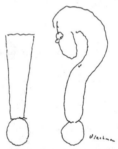

There are two basic types of communications media. The kind that reports *what*...and the kind that explains *why*.

The What media are far more numerous.

Radio and TV, for example, tell you what happened earlier in the day. The morning paper tells what happened yesterday. News magazines are full of what happened a week ago. And there are specialized magazines to let you know what to do with leftovers, what countries to visit, even what to tell your teen-age daughter.

So much for the Whats. They do a fine job, but they leave a great deal unsaid—like *why* things happen. And in today's world, the Why factor can be critical.

To learn the Whys, 32 million adult Americans turn to LOOK. For LOOK is a Why magazine.

Issue after issue, LOOK—virtually alone among major media—digs deeply into key problems of our day. Why are we involved in Southeast Asia? Why are America's young people disenchanted? Why—after centuries of quiet resignation—are Negroes rebelling?

For LOOK is a different kind of magazine. It selects the thoughtful reader. It is read in a questing frame of mind.

Can you think of a better place to tell people *why* they should buy your product?

## LOOK. You'll see why.

Newsweek    November 25, 1968

《看客》杂志广告

**1984 年 9 月 12 日**

**亲爱的詹姆斯：**

你问了一个好问题。为什么插画被认为是"小型的"，而绘画则是"大型的"？为什么画廊艺术比所谓的商业艺术价值更高？

这种区别对文艺复兴时期的艺术家来说，即使不算荒谬，也似乎毫无意义。同代人对波提切利插画的欣赏，不亚于对他油画的欣赏。这不足为奇。他为《神曲》所作的插画……的确是神性的。对于十六世纪的意大利艺术家来说，作品的规模和用途都无关紧要，关键是视觉效果。一枚勋章、一幅壁画、一个钟面、一幅马赛克……来者不拒，并且价值都能得到认可。切利尼制作铜像和钻戒、教会长袍和盐窖；也会拿起锤子，敲打出一尊真人大小的基督雕像。他的创意工厂运转不休，一切都能成为磨料。对于他那股不安分的劲头来说，事情没有大小之分。而他则是同辈人中的典型。

但其实也不必追溯到几个世纪前。毕加索把手浸入黏土里，就像把画笔浸入颜料里一样容易。规模（用途）或语境（博物馆的墙壁还是餐桌），对毕加索来说都不重要。重要的只有艺术本身。罗克韦尔·肯特[1]和本·沙恩，二人是画家还是插画家？两者都是。类型没有定义或限制他们。他们只是简单的艺术家，而艺术家们在任何规模和模式下都能创造艺术。

奥利维尔·贝尼耶在他可爱的《快乐与特权》一书中，对十八世纪末的法国、那不勒斯和美国进行了研究，他写到了当代大型艺术和小型艺术之间的脱节。"'装饰艺术'，这个常被人以轻蔑口吻说出来的词（今天对一幅画最差的评价就是'装饰性的'），当时被认为是正经的艺术。整个社会的富人、闲人，都是具有相当鉴赏力的客人，他们无比热衷于餐盘和扶手椅之类的东西……在大革命前的二十年里，最新的雅各布椅、最新的赖瑟纳椅、最新的沙龙，以及同时期的布艺和镜子、窗帘和花瓶、壁炉和家具，不仅代表着一种潮流，一种讨喜的外观，更代表着艺术的胜利。现实地讲，一个杰出的橱柜制造商，和乌东[2]没什么不同，

---

[1]  Rockwell Kent（1882—1971），美国画家、作家、水手、冒险家和航海家。

[2]  Jean-Antoine Houdon（1741—1828），让·安托万·乌东，法国新古典主义雕塑家，生活于法国启蒙运动时代。

都是真正的雕塑家。"

这种艺术形式之间的文化鸿沟，是多么具有破坏性和自毁性！它将天赋异禀的马克斯菲尔德·帕里什，从书中绝妙的插图世界，赶入油画里的锅碗瓢盆。它偶尔也会让安德烈·弗朗索瓦这样的人抛弃自己卓越插画家的天分，转而成为习惯自以为是的画廊艺术家中的一员。

许多作家意识到了这种危险。格雷厄姆·格林给自己的小说创建了一个子分类，"娱乐"，他这样称呼它们，希望这个轻快的词能让他逃避文学界里沉重的审查。弗吉尼亚·伍尔夫喜欢通过写散文、评论，以及制造各种怪念头，来逃离她觉得"重大"的写作任务。比如《阿弗小传》（"太微弱了"，她在日记中坦言），《奥兰多》（"那个笑话"）。《奥兰多》起初是作者为了转移写小说的压力而创作的，最终却被奈杰尔·尼科尔森 [①] 认为是"文学中最迷人的情书"。这些"娱乐"，这些"笑话"，往往却成为最有价值且经久不衰的作品。

与画家相比，插画师的独特优势在于享有约束。文字让插画家的选择变得有限，这反倒是自由而非限制。艺术评论家 E.H. 贡布里希说："（没有什么）比彻底的自由更难忍受。"

---

① Nigel Nicolson（1917—2004），英国作家、出版商和政治家。

所以詹姆斯，忘记"大型"和"小型"这两个传统而又具诱惑性的分类吧。好艺术是大作，坏艺术是雕虫小技。好和坏，就是唯一重要的分类。

一如往常。

鲍勃

又及：你不会相信，但我在英国的朋友送给我一个珐琅胸针，上面写着"小鲍勃"。我把它当做荣誉勋章佩戴。

**亲爱的詹姆斯：**

所以你突破了自己！很好，这多半是正确的决定，尤其是现在你能为《财富》杂志的信件专栏供稿了。薪水倒不丰厚，多少来着？一个月几百美元？不过胜在稳定，而且作品能被曝光，这很重要。当然，你任职的稳定性取决于你的编辑在《财富》任职的稳定性，这不一定长久。我是知道的。

我曾为《美丽家居》的信件专栏供稿（巧的是，五十年代我也在《财富》杂志做过同样的工作）。在我给《美丽家居》"致编辑的信"的专栏画了几年插图后，那位编辑退休了（或是被提前退休，我一直没机会知道）。当时我被邀请去他的告别派对。我完全没想到，酩悦香槟酒开启的脆响，不单是给那位编辑，也是给他的插画师准备的。我很快意识到了这点。新一期《美丽家居》刊登了新版的"致编辑的信",配上了新画师的插图。好景不长！愿你在《财富》杂志能比我走得久一些。

既然你的船已起锚,驶离了停泊已久的港湾,我愿你一路顺风——一个人前往未知的海域,远离人群熙攘的港口(关于此情此景有一首法国小诗,但我无论如何都没找到。等我找到,它就是你的了)。

祝好。

鲍勃

又及:好吧,我还是没找到那首诗,但我在二手书店搜罗时,翻到一本1946年的纽约现代艺术博物馆图录,叫《十四位美国艺术家》。其中有一幅斯坦伯格的画作堪称精彩,简直是一堂展现如何将情感具象化的示范课。

它描绘了一颗人造光体公然对抗太阳的瞬间,地球(现在同样)面临永世堕入漆黑的危险。这是1945年8月那一日的广岛。一切已然白热化,"小男孩"[1]在这座几十万人口的城市坠落,八万平民在片刻间殒命,另有六万

---

[1] Lazy boy,二战时美国投放于广岛的原子弹代号。

人在事件最后不幸遇难。

斯坦伯格以一个民间艺术家对细节近乎偏执的关注，对这一事件进行了描绘，其中体现的艺术高度，在他之前或之后的艺术家中都少有人能及。他的画不在概念上要把戏，不设虚伪的姿态，也没有骷髅状的蘑菇云。他既不做简化也不理性化，只是记录下一切。约翰·赫西[1] 写成书的内容，斯坦伯格把它们装进画里。所有在这场灾难中受害的、牺牲的，都得到了公正的待遇。每一座房子、每一栋建筑、每一棵树、每一个人、每一辆汽车、每一列火车、每一条铁轨、每一艘船、每一个曾经是人类和物品的碎片都借由这着魔般的、狂热的梵高式笔触，被抛向炽热的空中。

在爆炸中黯然失色、几乎匿身于巨大的热浪穹顶中的是一个玩具般大小的点：生命之源，太阳。我们无法通过将整幅画尽收眼底而逃离眼前的景象。我们做不到。我们被迫去辨认每一个暧昧不清的物体——也就是说，爆炸所产生的黑色旋涡，即便浓稠，却未使一切面目全非。这一幕不是在邀请我们端量，而是掌控了我们的目光。

---

[1] John Hersey（1914—1993），美国作家和记者，他被认为是"新新闻"写作风格的最早实践者之一，将小说的讲故事技巧应用于非虚构报道中。1946 年，赫西前往日本，采访了六名广岛原子弹爆炸后的幸存者，由此产生的作品《广岛》发表于 1946 年 8 月 31 日《纽约客》上，这也是他最著名的作品。

斯坦伯格希望我们能与他感同身受，体会那一刻无处可逃的恐惧。如果说毕加索的《格尔尼卡》集中表现了悲惨的三十年代，斯坦伯格的《广岛》则完成了属于我们这个时代的终极表达。

他对这幅画倾注的热情，投入的技艺和关怀，对我们所有人都是一种激励，也为大家立下了标准。

热情问候。

鲍勃

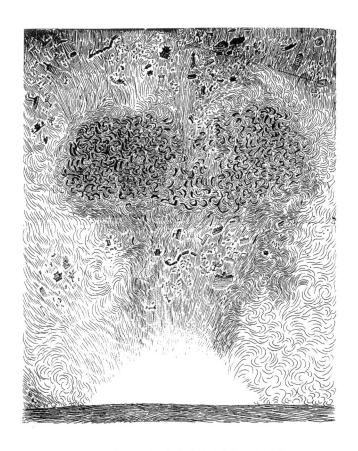

索尔·斯坦伯格的画作《广岛》，1945 年

纸上水墨，$29\frac{1}{8}$英寸 ×$23\frac{1}{8}$英寸。

（索尔·斯坦伯格基金会／艺术家权利协会，纽约）

**1984 年 10 月 1 日**

**亲爱的詹姆斯：**

我要打你手了（但不是你画画的那只），因为你拒绝了那份工作。这显然不明智。给素食肉丸做广告？天哪！但作为工作，你还是应该欣然接受。我为最差劲的客户服务时，往往能发挥出最佳水准。因为在那样的情况下，我可以自由发挥，做任何想做的事。如果他／她或他们不喜欢，至少我做了自己喜欢的，也就问心无愧了（还可以拿着退稿费去河边散个步）。

关于这类工作，本·沙恩是这样说的："永远别去害怕承担任何一种艺术工作。无论多么高贵，多么普通，但求做得与众不同。"

"做得与众不同"。画一面壁画、拖一块地、做一则肉丸广告，都不外乎这个道理。

如果你接受了这份工作，肉丸广告或其他什么，声誉也不会受到影响，因为人们会认为这不过是你职业生涯中的一次小小反常。西摩·切瓦斯特[1]为《福布斯》杂志工作，天知道还为多少进步团体和事业项目工作过，但没有人因为他下笔反复无常而责怪他。他必须要谋生。人们明白这一点。当然，如果他为美国肺病协会工作，接着又为赫伯特·塔雷顿香烟工作，性质就不一样了。公众的容忍度是有限的，一个人的谋生需求也同样有限度。（说的好像工作仅仅是为了"谋生"似的。我们工作是为了赚钱——多多益善，不是吗？）

　　取悦自己的一个必然结果是，你通常也会愉悦别人。我们和公众之间的相似性，远远大于差异性。沃尔特·惠特曼说："我中有众。"这就是为什么所有艺术家都有一位值得为之付出辛酸的观众——他自己，也是他唯一真正了解的观众。只有满足"我"了，才能抵达"众"。

　　我想起最近去的一个爱德华·马奈的静物画展。起初我是不愿意去的，谁想看一个画出了《草地上的午餐》《马克西米利安的死刑》《裸体的奥林匹亚》的画家画苹果和橘子？那个才是我认识和喜爱的马奈，我也只想看到那样的马奈，谢谢您。但出于对朋友的礼貌，我还是去了。让我

---

① Seymour Chwast（1931—　　），美国平面设计师、插画家和字体设计师。

欣喜同时也在意料之中的是，我看到的不是苹果和橘子，而是一幅幅伟大的作品，纯粹而简洁。马奈摆脱了从无限可能中选择一个主题进行表达的义务，转而将自己限制在静物的妙小世界里，自由探索油画媒介的可能性。他肆无忌惮地将颜料涂抹在画布上，厚重而湿润。恰如他的前辈和导师委拉斯凯兹一样，如弗朗茨·哈尔斯的晚期画作一样，如伦勃朗笔下剥了皮的公牛一样，马奈乐于将颜料和笔触的独特品质发挥到极致。

你也可以采用相同的方法。没错！从肉丸开始，探索如何运用你的幽默、技巧和概念，去做你不得不做的事，进而寻求各种可能性。打电话给肉丸先生吧，告诉他你改变了主意，或者告诉他，日程表已经空出来了，你现在有空做这份工作。下一步就是……玩得尽兴！所有人都会乐在其中，肉丸先生也是。

祝好。

鲍勃

**亲爱的詹姆斯：**

昨天我和一个老朋友吃了午饭。我很少见到他，这座城市就是这样。在伦敦或巴黎的时候，我注意到一个工作日结束时，艺术家们都会在酒吧或咖啡馆里见见面，谈谈心。在纽约则什么也没有。一天结束后，我们爬上公共汽车和地铁车厢，然后开始自言自语。这样的场景既不融洽，也不能带来什么收获。对我们的配偶或伴侣来说，听我们整日唠叨甲方不回电话、画稿无端被拒，也不是什么好事。

超现实主义者马克斯·恩斯特在二战前不久来到美国，配偶佩吉·古根海姆可谓社交成瘾，她每周在曼哈顿举办的派对是最接近巴黎沙龙的存在。尽管如此，恩斯特后来还是抱怨他在纽约遭遇的孤独感："（这里）没有公共生活，没有咖啡馆，没有交流。"

　　回到这顿午餐。我的老朋友阿尔文，是一个如假包换的格言爱好者和美食家。在菜上到芝麻菜和烤三文鱼之间时，阿尔文说了一些值得深思的话。谈到成功，他说成功源于持续性和一致性（这恰好是一则他自己都不一定遵循的建议。我永远不知道，和我吃下顿午餐的是丰满的阿尔文还是苗条的阿尔文。这是不太"一致"的行为。但至少他会有规律地节食，在这点上他很"坚持"）。我猜他给我这个建议，是对我频繁地进入平面设计和动画领域感到不安。兴许他觉得，这些都是分心之事，会损害我的形象以及作为插画家的事业。

　　一致性和持续性，无疑是安迪·沃霍尔职业生涯的标志。我们两人都是五十年代中期认识他的，那时他刚开始工作。我认识他，是因为我既是他的同事，又是他在墨累山的邻居（同时也因为他是个帅气的年轻人，这点丝毫不影响我们的关系。影响我们关系的是与他握手的感觉：就像握一块软绵绵的抹布）。而阿尔文曾是一家小型广告公司的负责人，委托过沃霍尔创作插图，他们在那时候相识。阿尔文还不经意地炫耀道，自己曾给沃霍尔提过一些宝贵建议（正如我之前提到的，阿尔文就喜欢给人建议）。"买台相机，"他告诉安迪，"工作用得上。"

我们都在沃霍尔的邮件列表里，会经常收到他的手绘插画，以至于我扔掉了自己的手绘。那些粉红的天使、粉嫩的蝴蝶多么娇俏可人；那些本·沙恩风格的芒刺般的线条，多么得其精髓。阿尔文很有先见之明，把它们都留了下来（谁知道这家伙会成名呢？我猜阿尔文是知道的）。

沃霍尔有意识地用一种固定而可识别的风格，也就是"一致性"来建立形象，再通过"持续性"进行推销。随后，他又朝着新领域迈进——都是势必成为谈资的领域。代表作有《沉睡》这样的影片（一定能制造话题，还能吸引大量的酒宴和报道）、玛丽莲·梦露的壁画式照片（可能是用阿尔文建议的相机制作的）以及《金宝汤罐头》系列。

沃霍尔总有办法避开去年流行的风格，总是走在公众期望的前头。这对他个人来说是好事，对一名插画家来说却是种危险。以伟大的保罗·戴维斯为例，作为超现实主义流派（但造型上有自己的识别度）的大师，他为约瑟夫·帕普的公共剧院创作过博得满堂彩的海报，也为 WNCN 电台[①] 等宣传活动创作过伪儿童风格的小品画——这些日子只要在纽约看到公交车，就不可能看不到他的画。美术指导在委托他创作时可能会犹豫：该找哪个

---

① WNCN 电台被誉为"美国最受欢迎的古典音乐电台"，虽数次易手，但风格一直保持。

保罗·戴维斯呢？[1]

除非你是毕加索，从十九世纪的现实主义、蓝色时期、立体主义、安格尔的新古典主义，到不管是什么的时期，每个阶段都能完成华丽优雅的转型。否则我——借阿尔文之口——给你的建议是，坚持你最擅长的，从一个方面入手，再综合发展、日臻完善。这就已经很了不起了。

祝好。

鲍勃

---

[1] 另有一名保罗·戴维斯（Paul Lavon Davis），他是一位美国歌手和词曲作者。

亲爱的詹姆斯：

我在乡下的家中度假。厚实的白色雪花严严实实地落了一整夜。我几乎被雪困住了。幸运的是，一辆铲车清理了我们的车道，这样我就可以驱车六英里[①]，去买一份你画的《时代周刊》了。我的沃尔沃——这车不适合下雪天开（这可是瑞典车啊）——没掉进沟里，可真是太幸运了。路政署以这些深沟为荣。作为坦克陷阱倒还不错，可现在谁还需要担心马萨诸塞州的入侵呢？

说到这个，我们的确被马萨诸塞州入侵过。早在十八世纪，他们的一队民兵就占领了我们的安克拉姆镇（我们离马萨诸塞州只有几英里）。他们在这里待了几天，抓走了几个镇民。边境争端很快就解决了，我想是因为我们的

---

① 1 英里约合 1.6 公里。

小镇不值得为之流血。不到十年后，我们在大不列颠有了共同的敌人，自那时起，我们两州之间就成了睦邻友好的关系。

但一个世纪后，一次更严重的入侵发生了。这一次，不是由几十名民兵，而是由一万名粗暴且刁蛮的平民发起的入侵。

在十九世纪的大部分时间里，拳击在美国是非法的。这也难怪。拳击比赛是血腥的，参赛者赤手空拳，拳头经常要涂上一层水泥般坚硬的液体。比赛通常持续几十回合，往往在驳船上进行，因为地处领土范围之外，当局很难介入。有一回，这样的阵仗发生在波士顿角，离我乡下的家只有几英里远。

事发的那座波士顿角的小村庄，坐落在纽约和马萨诸塞州中间的伯克希尔山麓的高地上。长期以来，波士顿角一直是流浪者、码头工和逃犯的避难所，它就像一艘海上驳船一样偏僻，是进行非法拳击比赛的理想地点。1853年，拳击比赛就来了。"美国佬"沙利文和约翰·莫里西展开了一场持续五十五分钟、共三十七个回合的较量，现场一片血淋淋。一万名拳迷花的钱值了。

然而随着肾上腺素超标，这帮失控的人接管了这个小镇。据一位当时的知情人士反映，大约在晚餐时间，拳迷们宰杀了"所有目之所及的鸡、猪和羔羊"。之后，他们在"每一个谷仓、前廊和后院"安营扎寨。第二天一早，他们"劝说"车站的工作人员，拦下了一列开往纽约市的货运列车。

那一年，马萨诸塞州高兴地把这个地方让给了纽约州。

现在生活平静了。没有拳击比赛，也没有边界纠纷。只有从云层传来的骚动，人群中则不见喧嚷；只有从猎人那传来的枪声，听不见民兵火并的枪弹声。所以，我才可以踏实、安静地待在工作室里，坐在柴火炉旁欣赏你的漫画。

在评论之前，我不禁注意到，你的插图是为一位著名的政治评论家创作的。这说明你的才能不错。苏亚雷斯在为知名作者挑选艺术家时，可是相当挑剔的。不过我刚才意识到，苏亚雷斯不再担任美术指导了。现在任职的是杰瑞尔·克劳斯。这是份高压职业：与艺术相关，一天对接两次，每天都须在线。而且文章会不断地被退稿和修改，就像插画不定期遭编辑拒稿一样。因此，这种压力是巨大的，在这个岗位上的人也频繁流动。这点我有亲身体会。我的儿子尼古拉斯就干过两年的美术指导，可以说是苦不堪言。每当艺术家没能交稿，或者交出的作品被他手下编辑拒绝时，尼古拉斯就不得不用自己的画来代替，署名"休斯艺术先生"或"强尼甜水先生"，或者用他的日常笔名"灯笼裤"。他有一口袋的笔名。

那么再说回你的画：它贴切表达了作家们的处境，展开来说，也是创意艺术领域中所有个体的处境。在看似轻而易举完成的文章背后（行文流畅如对话，富有即兴的活力），却躺着一个废纸篓，里面装满了草稿和反复修改过的草稿。你把意思传达得很到位，而且颇有艺术性。我注意到，你在篮子的背面没有画上重复的图案。很好！你已经学会了对现实进行抽象——不被事物的表象所引导，而是以最佳视觉效果为准。最有成就的艺术家，知道何时应该放下笔，何时应该添一些纯粹的装饰性花纹。归根结底，只要看着顺眼，公众就会接受并喜欢，无论与所谓的现实有多大偏差。彼得·亚诺会根据落在物体上的光源描绘阴影，出于外观考虑，再在另一侧也画一道阴影。没人会对此提出质疑。为什么要质疑呢？画面是好看的。

我只想对你的画挑一个刺（我冒昧地用铅笔画出了我心中的想法）。我觉得作家的身后可以多放几个废纸篓。伴有幽默感的夸张永远无伤大雅，相反能增添更多趣味，并直击人心。

写到这里，我又想挑一个刺。我简直不敢想象，你竟

伴有幽默感的夸张永远无伤大雅。

然选择威廉·莎士比亚来代表这个被写作奴役的作家。换做其他人，成立；但就莎士比亚而言，不成立。他是神一般的独一无二的存在。他和莫扎特、巴赫这些人一样，不只是具有创造力的凡人那么简单。不过转念一想，莎士比亚这个选择也许恰好照应了我告诉你的夸张手法，而且也是对"作家"概念的贴切表达。就忘了我刚才说的话吧。

圣诞节快到了，我得去包礼物、准备贺卡了。谢谢你寄给我的卡片，上面还有埃米丽的签名，啊哈！

愿你和埃米丽来年一切顺利。


鲍勃


又及：我说莫扎特不只是"具有创造力的凡人"，但还得他自己说了算。我最近参加了一场音乐会，节目单上引用了他的话。"认为我的艺术来得轻而易举的人，你们都错了。我向你保证，亲爱的朋友，没有人像我一样，在作曲上投入了如此多的时间与思考。我把所有大师的作品都苦心钻研了无数遍。"

尽管莫扎特勤勉刻苦，可不妨碍他是天才，两者并不矛盾。格特鲁德·斯坦因曾写道："努力便是天才之道。"

**1984 年 11 月 12 日**

**亲爱的詹姆斯：**

　　我想跟你讲讲我上周五接到的一份工作。消息来得很晚，当时我正准备吃晚饭（相信我，那已经很晚了！我的晚餐时间是按西班牙[①]过的）。"方便时请给我致电。"一份传真上写着，"我需要为科学专栏提供一幅插图，周一截稿！"与这则请求或者说恳求一并发来的，是需要配图的文章。

　　注意到传真上的感叹号了吗？很明显，这位美术指导很在意我是否能接下这份工作；也很明显，她再找不到其他插画师了。她已经被逼到墙角了。

　　我给她的答案是肯定的，告诉她我能够且愿意接受这份工作。截止日期并不使我困扰，虽然我很希望周末可以

―――――――
[①]　西班牙的官方晚饭时间一般在晚上九点至十点。

不上班。是那篇文章引起了我的兴趣——与时间有关，既是地球众生所经历的时间，心跳代谢，不舍昼夜；也是宇宙所经历的时间，长达数万亿光年，短至十亿分之一秒。

我当晚就画好了草图，次日一早便传真给她，然后电话就响了。"太好了！我中意它！"（这才是我期待的感叹号）。果真是太好了。于是我手里拿着笔，准备去逍遥街闲游一会儿。但不是立刻，我想先读完那本一周前就开始看的书。

不知不觉看到了第二天中午，也就是星期天。到时间（这个词！）了，我把书放在一边，拿起笔，修改粗略的草图，准备制作完稿。

我应该提到草图的内容：手持镰刀的时光老人，在一片沙漏组成的景象里瞪大了眼睛。这些沙漏有高有瘦、有矮有胖、有大有小……我想借此隐喻丈量时间的不同方式。

我把草图放在灯箱上作为参考，开始画完稿。时光老人画起来很轻松，他在我的作品里一直算个常备人物。接下来的两三个步骤里，我画出了合适的沙漏。目前为止都还不错，没什么大问题。可到了画沙子的时候，我却迟迟下不了笔。要画出每一粒沙吗？还是从造型上整体把握？沙粒的样貌，即大小、形状，兴许还有颜色，会不会因为容器的大小和形状不同而有所差异呢？

我尝试了许多种办法，但所做的一切都显得繁琐且缺乏说服力；并且沙子也分散了绘画的重点——重点必须放在沙漏的不同形状和大小上，而不是别的。可谁听说过没有沙子的沙漏呢？

我开始担心了。时间（我现在能理解那位美术指导为何如此为它焦虑了）已经所剩无几了。（噢，这份工作可真是讽刺！）

我还是画了没有沙子的沙漏，但由于它们看起来光秃秃的（可不是嘛），我加了些高光，对玻璃上的强光进行了装饰性处理。现在总算看上去还不错了，但人们会觉得里面没有沙子吗？

"莫夏，"我问妻子（这就是她的名字，别问我为什么。她甚至不是犹太人），"你觉得这些沙漏看上去还行吗？"

"当然，我觉得不错。"

"真的吗？"

"不是吗？挺好看的啊，而且画得很好。我喜欢。"

"能看懂吗？"

她的眉毛抬了起来："鲍勃，我已经说了。它很好，理解起来也完全没问题，不就是时光老人正在看一堆奇怪的沙漏嘛。"

成功了！周一早晨我就把画寄给美术指导，兴许当晚还能看完我那本书。

次日，我把图纸传真过去，不一会儿就接到她的电话："太好了！我们会在明天的报纸上刊登。"

我为什么要告诉你这些，詹姆斯。原因就在这儿。如果我感到必须按照字面意义去描绘沙子——逐字表现内容的引力太强了——那我的画和想法都会遭殃。相反，正如事实发生的那样，通过添加几笔精致的装饰性高光，视觉效果便得以改善。此外，强光也让沙子的消失变得顺理成章。（谁一早会想到画高光呢？反正我没想到。）

这告诉我们：用眼睛控制画面，而不只是用脑袋去思考。如此，往往能让你在纷杂中理出头绪。

现在到晚上了，到时间（又是这个词）读《纽约时报》[①]了（还是它）。但也许还没到时候……我得先坐上床，在睡觉前读完那篇关于政府在尼加拉瓜的秘密行动的文章。你能相信？向伊朗（偏偏是伊朗）出售武器以释放我方人质；然后用出售武器的利润资助反对尼加拉瓜合法政府的武装恐怖小队，而这一切，都是我们的政府枉顾国会的明令禁止，在私下进行的。可我刚刚说的是"我们的"政府吗？不，是"他们的"政府。如需讳言，那就是"他们的"。

---

① 《纽约时报》的缩写为 The Times，同"时间"一词。

所以，如果我想睡个好觉，今晚可能就不看《纽约时报》了。明天也不行，那可是周二。我那没有沙子的沙漏会在这一天流得飞快。但愿我的插图能有个合适的排版。

祝好。

鲍勃

又及：这是我当时发出去的图。当然，是黑白的。我的施乐影印机打不出彩色的画。

tipped
, our
ik of

at more
since the
n years
counters
human
king in
lding up
tale
roughs
hat may
still
arity of

e other
, work-
xample,
, com-
g almost
ve are, it
its own.
in just
d a half
year,"
e sun has
renheit,
turns as
e de-
. Pluto.

These various blends of diurnal and annual cycles are all perfectly comprehensible, if medically ill-advised. But just as the light that we humans deem "visible" represents a tiny part of the vast electromagnetic spectrum, so the collected clocks of the solar system are a meager sampling of the universal stock of tockers. Far more action is going on below the surface, in the subatomic community. There we find events occurring in increments far briefer than classic quickies like "in a heartbeat" (i.e., about a second) or

"in the blink of an eye" (a tenth of a second), and down into the realms of scientific notation blessedly leavened with Marx Brothers nicknames — intervals like the attosecond (a millionth of a trillionth of a second, or $10^{-18}$ second), the zeptosecond (a billionth of a trillionth or $10^{-21}$ second) and, my personal favorite, the yoctosecond (a trillionth of a trillionth, or $10^{-24}$ second). No matter the nomenclature; the duck soup is ever astir. The time it takes a quark particle to circle around inside the proton of an atomic nu-

cleus? Midway between zepto and yocto, or roughly $10^{-22}$ second. For an electron to orbit the proton to which it is madly, electromagnetically attracted? A not-quite-atto-sized $10^{-18}$ second.

Fleeting does not mean flaky or unstable, however. To the contrary: the fundamental quivers of the atom "are exceedingly regular," Dr. Jaffe said, adding, "They mark the heartbeat of the universe." Atomic events are so reliable, so like clockwork in their behavior, that we have started tuning our

macro
and ou
fractio
linked
Or lo
unspea
race. C
the tw
bound
galaxie
in defia
them e
flating
ward f
years,
kaboor
clocks
disper
lions of
We a
and ho
um an
may be
to us, c
that wt
may be
zepto t
home,
tinkeri
may w
ours, n
dresse
taking
closely
that so

**1984 年 12 月 21 日**

**亲爱的詹姆斯:**

你在美丽的意大利待了五周,回来后却没接到任何电话? 欢迎来到自由职业者的生活! 虽说是眼不见心不烦,但与之相伴的代价则是清贫的生活,以及失去一份有固定休假的稳定工作。不过我向你保证,电话会再次响起,而且不一定是你的母亲打来问"为什么几周没给我来电了"。

F. 斯科特·菲茨杰拉德曾凄凉地认为,在美国(这是我转述他的话)没有第二幕。你的第一幕是那五周的旅行。眼下的你,正等待幕布再次升起,而观众显然坐在别处。让我告诉你,好戏仍在继续,会有第二幕、第三幕相继而来,一幕接着一幕。福事与祸事,美好的惊喜与倒霉的意外,都来往如潮水。它们的出现自有一定规律,却又通通无法解释。重要且必要的是,将你的头保持在水面之上，双眼紧盯陆地。

任何创意领域的自由职业者都会面临这样的问题：品位在变，风格也会随之改变。我们这个领域，美术指导和创意负责人总在流动，也许今天刚来，明天就离开了。新来的人总想在版面里加入新鲜的人和事，在这个岗位上留下自己的印记。这不见得有多糟糕。毕竟，画的意义是为了被看到，如果它是你以前看过，甚至看过很多次的，困意就上来了，那么可怕的结局也随之而来：这页才勉强看了一眼，就直接翻到下一页了。我甚至也这样对待过我最喜欢的艺术家之一斯坦伯格。我曾发现自己过快地翻阅他在《纽约客》上的画作，脑子里什么也没留下。我陷入过那种情境，体验过那种心境。但斯坦伯格对自己的作品也会有同样的感受。当他厌倦了自己的东西，就会转向另一种造型、另一种媒介，永远比他的观众领先一步。

与你分享一则趣闻：有一次，一个艺术品商客去找毕加索鉴定一幅画。"这是赝品。"毕加索称。"啊哈，"经销商接着说，"被我抓到了吧！你画这幅画的时候，我刚好在你的画室里。""兴许吧，"毕加索回答，"但我经常画赝品。"

我想，任何一个有自己风格的艺术家都画过赝品。

我已经偏离信的重点了。说回来，你会拥有属于你的第二幕的，尽管你的同事和美术指导会嫉妒——戈尔·维达尔曾坦言："每当一个朋友有所成就，我的内心就会死去一点。"

你会知道，面对无比激烈的竞争日常，嫉妒是一种强大且被低估的力量。你会迎来你的第二幕，尽管所有新人们都想要最新鲜和最前沿的。（全新！更新！最新！满天飞的尽是这种广告；过去简单的那种"好"，现在只能在瓦砾堆里冒着残烟。）

你会生存下来，一切都会好起来，只要你继续画，并且在不同的事上保持忙碌。与此同时，静候大幕掀开吧，电话也会再次响起。这一天会来的。

你永远的，

鲍勃

2008 年 9 月 8 日

**亲爱的詹姆斯:**

　　竟是真的吗?自我们上次通信,已经过去了二十年。似乎是几辈子的事了,命运女神手中的球已转了千万次,让人目眩神离。现在我在纽约州北部给你写这封信;而你在旧金山读这封信,已婚(你终于还是和埃米丽走到这一步了),还是个成功的插画家。恭喜你为《纽约客》的八月刊画了一张漂亮的封面!

　　那么我呢,你问到我的情况。稍等。在我回答之前,我要说我很高兴你在网上搜索我的消息。但看在上帝的分上,你不必写"您还记得我吗?"那段短暂却热切的通信时光,我怎么可能忘记。

　　现在回答你的问题,我过得怎样,我的工作又进展得如何?

回到我那座凉水城堡。还记得吗？径面纹理的橡木镶板、拱形吊顶、宽敞能进人的壁炉，还有那四个各镶一条浮雕饰带、状如天国之河的花洒头……

那是我二十年前的工作室，如果你自那时起就关注我的事业，你便会知道，我有过不少凭借十五分钟迅速成名的经历。对，那时我的电影《索达往事》上映，并且大受欢迎；对，我也制作了许多在业内获奖的广告（但可恶的是，我给未出品的影片也制作了同样多的提案——全都精心设计。你可以看看，我附上了提案里其中一个封面，这是为一部差点就拍成的电影准备的。滚石乐队的鼓手查理·沃茨和我花了近一年的时间，商谈合拍一部关于查理·帕克的动画片）；对，我还为《纽约客》画了十几个封面，现在成了纽约市不知多少高档卫生间用的墙纸。所以，对、对、对，除了贴墙纸的卫生间和未出品的影片之外，这是一段持久且颇有所成的时期。

但那是当时的情况。

二十世纪九十年代末，一个预示着世道将彻底变迁的兆头，出现在我工作室的阳台上。这是个谶兆，可我没有理会。街头上的麻雀以达尔文主义的方式，开始取代我阳台上的家雀一族，它们曾是长期安居在这里的唯一住户。很快，鸣鸟的悦耳歌声，变成了街鸟的尖叫与打斗声，后

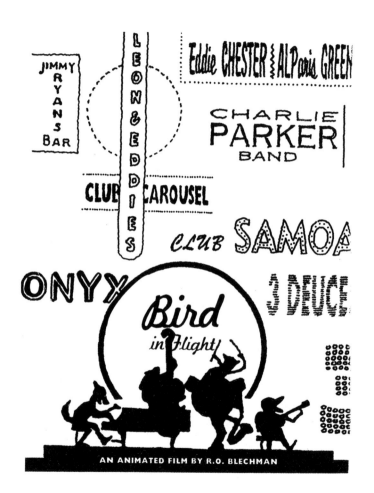

AN ANIMATED FILM BY R.O. BLECHMAN

者找到了比纽约人行道上更优质、更稳定的午餐。

我在阳台所见，也是我在工作中日益体会到的。更新潮、激进的艺术风格似乎正取代着我的风格。而我被各种形容为扭扭捏捏、神经质的画风，如今也趋于一般化了。总有人赌咒说是出自我手的画，其实与我毫无关系。如果说模仿是最真诚的捧场，它同样也是通往贫民窟最短的道路。

在近四分之一世纪的时间里，我的工作室里一直设有一个动画部门——"墨水罐"。在它的出品中，有为PBS制作的圣诞特辑《简单的礼物》，当然还有《索达往事》，以及为芝麻街、CBS和NBS网络制作的各种物料。这些是我们盘中的鱼子酱；而商业广告则是面包和黄油，通常要求用典型的布莱希曼风格制作（现在则越来越多地写成布莱克曼，偶尔也有贝莱希曼）。工作室的经营一度风生水起。然而在乔治·W.布什时期，广告业崩溃，"墨水罐"动画接到的需求也越来越少。我很快就发现，我不再需要十七条电话线，也不需要两层楼的工作空间，甚至一层都不需要。主要客源的流失及紧接而来的并发症（别问我是什么），决定了工作室的命运。是时候行动了。我希望能前进，如果可能，再继续上升，在新的或从前被我忽视的项目里展开冒险。我在北部有一处房产，那儿有一间宽敞的工作室。我搬去了那里。七十年的都市生活告一段落了。

我介意吗？答案既是肯定，又是否定的。没错，我的工作室被拆除了，就像一棵参天古树被伐去作了柴火。甚至连工作室的核心，主厅和相邻的伯特伦·古德休的私人办公室也被租客们瓜分。这座小楼里，曾经住着著名的建筑师和室内设计师（爱尔西·德·沃尔夫 [1] 也占去了两层楼，作为她的工作室和陈列室），现在则变成了东拼西凑的空间，被珠宝商和小制造商们占领，这些人还说着含混不清的语言。"哦嘀？"我在电梯里听到一个人问另一个人。"呜呼。"另一个人回答道。

有一回，我看到一个刚从近东来的房客，蹲在裸露的地（水泥地，谢天谢地）上，就着火堆，正在熔化一根金属棒。

因此，答案是肯定的，我的确介意离开了从前那种高楼——宽敞的公寓，我倚着世纪之交建成的铸铁阳台护栏，俯瞰整个中央公园。

不过，答案亦是否定的，我不介意搬到现在这个能俯瞰伯克希尔山麓的乡间高楼。我不介意在鸟声，而不是在

---

[1] Elsie de Wolfe（1859—1950），美国女演员，后来成为一位杰出的室内设计师和作家。

汽车声中醒来；我不介意听见一池愤怒的青蛙呱呱直叫，当我每天走近我的（好吧，我们的）池塘游泳时。

所以，詹姆斯，相比于失去了高楼，我更多是改变了高楼存在的方式。而未曾改变的除了皱纹，则是我自己。艺术家会甘心退休吗？他能停下手中的工作，这些强有力证明自己存在于世的东西吗？雷诺阿手上的关节炎能阻止他作画？妄想。有人会帮他把画笔绑在他患病的手上。视力下降的大卫·莱文[1]能停笔作画？绝不能。他会把钢笔放在一旁，以铅笔取而代之。他会一直画下去，从线稿到油画……让视力下降这回事下地狱吧！

幸运的是，我既没有关节炎，视力也尚且没什么问题。如果说我也有自己的难题，那就是夜里我会突然被某个想法惊醒——砰！它会照亮我幽暗的意识，迫使我走进备用的工作室：我的洗手间。反正自从年纪大了以后，我再也离不开它了。这似乎是我面临的问题其一，但如果这就是最糟糕的，希望到了我这个年龄的艺术家，都能如我这般。

所以，我身在这里——公元 2008 年——却并不完全属于这里。犹如方枘圆凿，在这个数字化的时代显得格格

---

[1] David Levine（1926—2009），美国艺术家和插画家，以其在《纽约书评》中的漫画而闻名。

不入。但我与世界的连接更多是思想上的，是内在的而非外在的。你不觉得这样更好吗？不过现在，说说你的故事吧。告诉我，告诉这个七十九岁却和那些在绿胶桌上初次执笔的二十二岁年轻人一样，有着坚定、远大、迫切梦想的老人，告诉他你的故事。让我走进你的世界。写信给我，我将满心欢喜地迎接它们——你写给这位老画师的信。

你永远的，

鲍勃

# 附　录

---

P37　照片由唐·汉默尔曼提供

P49　威廉·格罗伯的绘画作品，由 ACA 画廊提供

P51　绘画作品由笔者提供

P73　绘画作品由纽瑞特·凯琳提供

P82—89　笔者的绘画作品，由《纽约时报》提供

P123　绘画作品由纽瑞特·凯琳提供

P130　笔者的绘画作品，由《纽约时报》提供

P137　绘画作品由笔者提供

# 致　谢

————————

　　这本书的主人公，也就是书名里的"詹姆斯"是我脑海里虚构的人物，不过他的画却是真实存在的，作者纽瑞特·凯琳是一位才华横溢的漫画家。这次承蒙她大方惠允，我得以在书中使用她的作品。如果各位之前对纽瑞特的作品不了解，那么我很荣幸，这次能把她的画介绍给更多读者，它们值得更多关注。她的绝版佳作《无可奉告》[①]，可以试着找来看看，你一定会乐在其中的。

　　我之所以写这么一本书，还得感谢我儿子麦克斯的主意。有天晚上他问我："鲍勃（我们都直呼其名），里尔克有本书叫《给青年诗人的信》，你为什么不也写一本《给青年插画家的信》呢？"没想到，这件差事竟是根难啃的骨头。麦克斯，但愿我完成的还不错。

————————

① *No Comment*，由查尔斯·斯科瑞博纳之子出版社（Charles Scribner's Sons）于1978年在纽约出版。

————————

我想感谢我的夫人，早前她是这本书的第一读者。如果不是她表明说喜欢，还给我比了一个罗格·埃伯特[①]的招牌动作——双手点赞（换个人绝不会这么做），这件事我也许会半途而废。

　　最后，如今当作家的，怎么能忘了自己的编辑，这些在紧要关头顶着风险、为双方的合作把关的人。谢谢汤姆·福克斯，还有大卫·罗森塔尔。你们俩，算起来是四手的点赞，是决定性的助力。

---

[①] Roger Ebert，美国著名影评人，"双手点赞"（Two Thumbs Up）这一流行语的首创者。